Tú
sí, tú
vive

Alex Puértolas

ALFAGUARA

Primera edición: noviembre de 2017
Primera reimpresión: diciembre de 2017

Diseño: Penguin Random House Grupo Editorial / Manuel Esclapez

Printed in Spain — Impreso en España

ISBN: 978-84-204-8669-7
Depósito legal: B-20.850-2017

Maquetación: Javier Barbado
Impreso en Gráficas 94, S.L.
Sant Quirze del Vallès (Barcelona)

AL 8 6 6 9 7

Penguin
Random House
Grupo Editorial

Mi libro es un poco mi cabeza,
y mi cabeza no es limpia ni ordenada,
es un caos.

Para ellos, mis padres,
por permitir que me equivoque,
que me levante y que sueñe alto.
Y sobre todo, por el ejemplo
de amor y libertad que me
habéis enseñado.

Este libro es gracias a vosotros.
Os quiero.

Prólogo

Alex es un desastre. Resulta extraño que empiece el prólogo de su primer libro con una frase como esta, pero es inevitable. Reconozco que tiene una cabeza privilegiada y una forma de ver las cosas como poca gente puede alcanzar..., pero es un desastre. Y un caos. Desde el día en que empecé a vivir con él pude comprobar que esto era así. Que detrás de esa apariencia perfecta había una persona tan imperfecta como tú, querido lector, y como yo.

Realmente no sé si alguna vez he contado cómo nos conocimos. Llegó a mi vida gracias a una amiga común. Hasta ese momento, yo había estado viviendo con ella, pero por entonces acababa de hacer las maletas para irme. Él, en cambio, seguía el camino opuesto. En ese trasvase, en el que uno se instala y el otro se va, llegamos a coincidir algunos días en aquel angosto piso. Poco a poco íbamos viendo que teníamos algunas cosas en común y compartíamos gustos: viajes, aventuras, ambos éramos futboleros, nos atraía el mundo audiovisual y lo cierto es que, sin necesidad de decirlo, en aquel momento ninguno de los dos nos sentíamos en nuestro sitio.

Estas eran algunas de las cosas que teníamos en común, pero especialmente la última fue la que, en mi opinión, nos empezó a unir. Yo me marché de allí, él se instaló. Era nuestro camino. Sin embargo, por entonces no sabíamos que aquel primer contacto, esas primeras palabras cruzadas en aquella estación de paso estaban significando el germen de una gran amistad. Habíamos estrechado lazos y, debo reconocer, fue más por él que por mí, reacio en un principio. No me encontraba en una etapa especialmente sociable de mi vida. Pero él siempre insistía, sin apenas conocernos, en salir a tomar una cerveza. Esos momentos en los que, sin yo saberlo (o exteriorizarlo) tanta compañía y apoyos necesité, encontré a una de las personas que desde entonces siempre he tenido cerca.

Es entonces cuando descubrí a una de las personas más complejas que he tenido el gusto de conocer. Alguien que lo da todo por la gente a la que quiere y le importa. Sin condiciones. Pero hay que entenderle. O saber entenderle, más bien. Porque, vuelvo al principio, es un desastre. Y un caos. Y si vives con él, si trabajas con él, te darás cuenta de que es alguien perfeccionista y muy inconformista. Que las cosas tienen que ir a su manera y que muchas veces llega a desesperar a los que le rodean. Todos somos animales complejos, pero lo cierto es que su cabeza es un jeroglífico que cuesta mucho entender.

¿Y cómo entenderle entonces? Pues bien, todos estos pensamientos complejos los ha recopilado en este libro. Alex ha vomitado todo lo que llevaba y no se ha dejado nada dentro, tanto lo bueno como lo menos bueno. Solo leyendo este libro descubrirás qué esconde su cabeza y a qué me refiero cuando digo que es un desastre. Una obra en la que Alex, a lo largo del complejo y tortuoso camino del escritor primerizo, bucea a través de las profundidades de sus pensamientos más internos para dar luz a algunas reflexiones, ciertas ideas, que ni él era consciente de que tenía. Yo mantengo mi comentario inicial: es un desastre. Pero eso, en realidad, da lo mismo. A él no le va a quitar el sueño. Porque como él mismo dice: «Si tú mismo crees en ti, lograrás mucho más de lo que en realidad crees que puedes hacer». Y eso es lo verdaderamente importante, el conocerse a uno mismo y saber hasta dónde puedes llegar. Y él y yo lo tenemos claro: hasta donde quieras.

Aunque todo el mundo se empeñe en decirte que no vales para hacer algo. Aunque todo el mundo se empeñe en decirte que eres un desastre.

Juan Arroita

Siente

Hoja en blanco

Lunes, 7:00 a. m.

Suena el despertador (y piensas que ya va siendo hora de cambiar esa horripilante melodía). Vas al baño, te duchas, desayunas, te lavas los dientes y, justo al acabar, alzas la mirada, te miras al espejo y piensas...

¿Y ahora qué?

Estábamos acostumbrados a que el timón de nuestra vida estuviese en manos ajenas. Estábamos acostumbrados a horarios preestablecidos por colegios, universidades, trabajos u otras personas. Estábamos acostumbrados a saber qué íbamos a hacer el maldito día siguiente, pero, como pasa con todo, eso también se acaba.

¿Y ahora qué?

Sentir que eres el dueño de tu vida asusta.

Asusta mucho.

De pequeño, todo el mundo quería ser el líder, el capitán, el jefe. Pero cuando te toca coger de una vez por todas las riendas de tu vida, acojona. Acojona porque ya no hay posibles culpables, ni horarios preestablecidos, ni una rutina que te guíe.

Acojona porque ahora tú decides qué hacer, cómo hacerlo, cuándo hacerlo y por qué hacerlo.

La vida es como una hoja en blanco para la que, simplemente, acaban de darte una máquina de escribir.

Así que escribe: «Bienvenida, hoja en blanco».

Y empieza a tomar las riendas de tu vida.

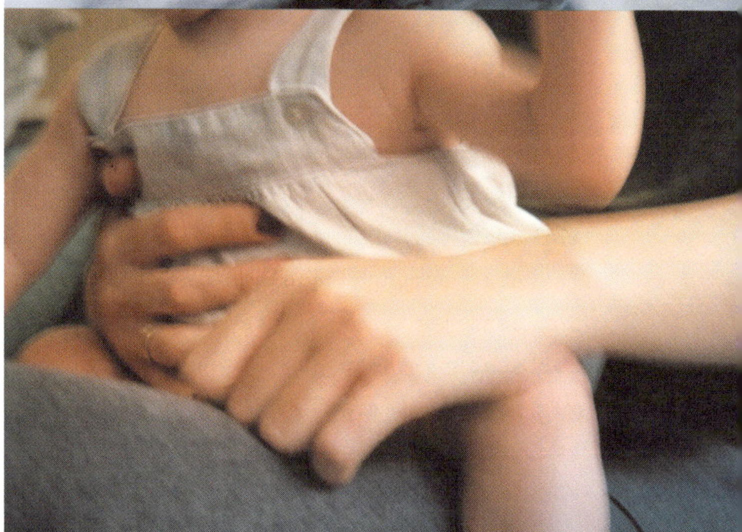

Por esas personas

Por esas personas que te sonríen al dar los buenos días.
Por esas personas que se muestran tal y como son.
Por esas personas que te contagian su risa.
Por esas personas que están cuando hay que estar.
Por esas personas que te dejan comerte la última patata del plato.
Por esas personas que son magia.
Por esas personas que te dan sin esperar recibir nada a cambio.
Por esas personas que te esperan aunque tengan prisa.
Por esas personas que son una brújula en tu camino.
Por esas personas que te dicen lo que no quieres oír.
Por esas personas que te abren los ojos, y también por las que te los cierran.
Por esas personas que hacen que se te escape una sonrisilla al pensar en ellas.
Por esas personas que son y están.
Por esas personas que te quieren tal y como eres.
Por esas personas que si tú te tiras, también se tirarían contigo.
Por esas personas que son un espejo donde mirarse.
Por esas personas en las que has pensado mientras leías esto.
Por ellas.

17

Desde pequeño, cada vez que me preguntaban cuál era mi número favorito, la respuesta era siempre la misma.
El 17.
Lo decía tan seguro de mí mismo, con tanta contundencia, que la gente solía preguntarme qué significado tenía ese número para mí.
Pero yo nunca tenía explicación que ofrecer.
No había habido ningún acontecimiento importante, ninguna fecha. La vida no me había mandado ninguna señal que me hiciese elegirlo, pero sentía una fuerte certeza cada vez que lo veía.
Simplemente, sabía que era mi número.
Hasta que un día 17, a las 17:00, llegó ella y, sin quererlo, echó por tierra todos aquellos años de sentir que aquel era «mi» número para convertirlo en «nuestro».
Su diecisiete —nuestro diecisiete— lo cambió todo.
Ahora el despertador suena todos los días a la hora de costumbre y yo me levanto tras haberlo pospuesto diecisiete veces como mínimo. Me preparo unos cereales con leche de soja, una tostada con mermelada de frambuesa y el zumo de naranja de siempre. Leo la prensa y las redes sociales mientras desayuno. Ducha de agua templada, ropa limpia y ya estoy listo para un nuevo día.
Esto es lo que hago cada mañana, todos los días.

17

Lo paradójico es que, por mucho que
mi rutina siga siendo idéntica,
desde aquel día 17, cada día es
diferente.
Y todo se lo debo a ella.
Porque ella solo necesita
diecisiete segundos para hacerme
sentir como en casa esté donde
esté, incluso en el lugar más
aterrador de la tierra.
No hay nada que me haga más feliz
que hacerla reír, nada.
Ella consigue que mire la vida a
través de un prisma distinto, que
me emocione, que sonría hasta
llorar, que haga el payaso hasta
cansarme y que le dé a las cosas
el valor que les corresponde.
Cuando encuentras a esa persona con
la que sabes que todo encaja, no
hace falta un número, ni una señal,
ni una explicación, ni nada.
Cuando encuentras a tu persona,
sabes que es ella y punto.
Igual que yo sabía que el
diecisiete era mi número.
Y que aquel número mágico me
descubriría parte de mi felicidad.

Con cuántas personas estamos y con qué pocas somos

Vive

Tú.

Sí, tú.

Sonríe.

¿Por qué estás triste? ¿Preocupado? ¿Enfadado? ¿Rayado por cosas que en realidad no tienen ninguna importancia?

Nuestro tiempo es limitado.

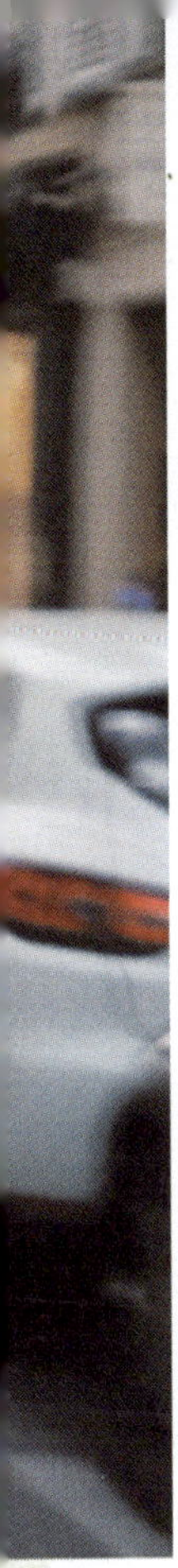

Sí, suena duro cuando lo dices en voz alta, pero no es menos verdad porque lo mantengas en silencio.

Vive.

¿Qué topicazo, verdad?

Vive.

Disfruta de cada momento.

Sal con amigos.

Viaja.

Explora.

Enamórate.

Haz locuras.

Deja que te rompan el corazón.

Sí, has leído bien.

Y, luego, vuélvete a enamorar.

Comete errores y aprende de ellos.

Disfruta y siente cómo cicatrizan tus heridas.

Y, sobre todo, lo más importante: haz lo que te gusta sin importar lo que digan o piensen los demás.

Los demás...

Esos grandes amigos de la inseguridad humana.

Olvídalos.

La vida es un parpadeo, un instante, y, si no vives, cuando quieras darte cuenta, tendrás ochenta años y ningún recuerdo, ninguna anécdota que contar y con la que reír con tus nietos.

Y lo más triste de todo: estarás vacío.

Así que tú, sí, tú.

Hazte un favor.

Y vive.

Miedo

Sentimiento de desconfianza que impulsa a creer que ocurrirá algo contrario a lo que se desea.
No sé a vosotros, pero a mí lo que más me ha llamado la atención de esta definición ha sido «desconfianza».
Cometemos el tremendo error de desconfiar de nosotros mismos y, sobre todo, de nuestras posibilidades.
Nos pasamos la vida entera cultivando el conformismo.
Y ¿por qué?
Por miedo.
Nos hacemos siempre las mismas preguntas: ¿y si fracaso?, ¿y si me dice que no?, ¿qué dirán los demás?, ¿empezar de cero otra vez?, ¿cómo sé que lo desconocido es mejor que lo conocido?, ¿y si me pego una hostia?
Tenemos miedo a avanzar y a arriesgarnos, y no nos damos cuenta de que a lo que realmente se lo deberíamos tener es a conformarnos y no hacer nada.
Un hombre sabio, muy sabio, dijo una vez que la valentía no es la ausencia de miedo, sino la conquista del mismo.
Nos pasamos la vida siguiendo la corriente de lo que la sociedad espera de nosotros.
Y ¿por qué?
Por miedo.
Miedo a no ser respetados.
Dejamos escapar la magia de una mirada, de un silencio, de una media sonrisa o de una simple conversación.
Y ¿por qué?
Por miedo.
Miedo a ser rechazados.

Ahuyentamos nuestros sueños más profundos, esos que de pequeños no parábamos de proclamar con orgullo. Esos en los que pensamos los domingos por la noche al apagar la luz. Sí, esos que no contamos a nadie.

Y ¿por qué?

Por miedo.

Miedo a equivocarnos.

Ocultamos nuestros corazones tras un escudo, y otro, y otro más. Porque es más fácil poner escudos que tiritas, ¿verdad? El problema es que lo único que conseguimos así es transformar el corazón en una máquina. Una máquina que solo bombea sangre, en lugar de sentimientos.

Y ¿por qué?

Por miedo.

Miedo a que nos hagan daño.

Nos autoconvencemos, como cobardes, de que nuestra vida está bien como está, de que ese cosquilleo que sentimos en el estómago por ella, o por él, no son mariposas, sino abejas asesinas. No le damos ni una mísera oportunidad a esas personas maravillosas que pasan con cuentagotas por nuestras vidas.

Y ¿por qué?

Por miedo.

Miedo a no ser amados.

Nos transformamos, nos escondemos tras máscaras. A veces incluso creamos personalidades como quien crea un personaje de los Sims. Ocultamos nuestra verdadera apariencia como quien oculta una mentira a sus padres.

Y ¿por qué?
Por miedo.
El puto miedo al qué dirán.
Pero ¿somos tontos, o qué nos pasa? ¿No nos damos cuenta de que la mayor riqueza que podemos aportar a nuestra vida, y a la de los demás, es ser nosotros mismos?
Detente un momento.
Mira hacia atrás y párate a pensar en el camino que has recorrido durante toda tu vida para llegar adonde estás ahora. Observa las opciones que has tomado y pregúntate: ¿son decisiones que has querido tomar tú?, ¿estás donde querías estar?
Si es así, te felicito, pero, de lo contrario, no te preocupes. No pasa nada. En serio, nada de nada, porque ¿sabes qué es lo mejor de todo? Que tú eres el dueño de tus pies y te quedan muchos, muchos, muchos kilómetros de camino todavía.
Por eso, siéntete orgulloso de ser como eres. Valora tus virtudes, pero, sobre todo, valora tus defectos.
¿Por qué?
Porque estos últimos son los que te hacen diferente al resto de la gente.
Y, ahora, vuelve a pensarlo.
¿Qué harías si no tuvieses miedo?

Si tú supieras

Si tú supieras que estas palabras son para ti, cerrarías los ojos y te escucharías.
Si tú supieras que no es casualidad que cuando estás disfrutando de la vida tu reloj se acelere y tus minutos se vuelvan efímeros te darías cuenta de que no es magia, ni tampoco una putada. Es una lección para que valoremos el tiempo.
Si tú supieras que todas las hostias que te vas a dar te van a enseñar más que cualquier libro de Historia. Que el espejo del baño solo te muestra lo que tú estás dispuesto a ver. Que una hoja en blanco es el mayor precipicio al que te vas a enfrentar.
Si tú supieras que las vidas con una pizca de ficción son infinitamente mejores que las reales. Que he volado, he tenido superfuerza e hipervelocidad. Que he salvado al mundo catorce veces. Que he sido invisible, y, por qué ocultarlo, he robado algún banco. Que he leído mentes, que he viajado al espacio exterior y he vuelto, que he ganado cuatro balones de oro y dos campeonatos de la NBA, y, sin embargo, sigo temiendo lo que la gente opine de mí.
Si tú supieras todas las veces que he sido invierno en pleno agosto, o las que elegido cruz cuando ha salido cara.
No te preocupes si no lo entiendes ahora.
Ya lo harás.

Si tú supieras que el paracaídas más resistente que vas a tener es tu confianza, que el miedo es tan solo eso, una palabra, que es mil veces mejor una vida vivida al límite que una vivida según lo establecido.
Un escritor tiene su pluma; un futbolista, su pelota; un youtuber, su cámara; un pintor, su pincel; pero un soñador..., ¿qué tiene un soñador?
Un soñador tiene —tenemos— ganas.
Si tú supieras que los sueños no terminan al abrir los ojos, sino que empiezan.

Felicidad

Precisamente en los días más grises, más apagados —más de mierda—, es cuando más ciegos estamos. Nos cuesta ver y apreciar lo que tenemos a nuestro alrededor y nos cuestionamos más nuestra felicidad.
Pero ¿qué es la felicidad?
Si yo supiese la respuesta, no estaría escribiendo esto ahora mismo.
Pero si algo tengo claro, es lo que me hace feliz diariamente. Para mí la felicidad son esos cinco minutos de más que me concede mi querido despertador cada mañana. A veces en lugar de cinco son diez. A veces son treinta, para qué vamos a engañarnos. Pero el número es lo de menos.
Lo que tengo claro es que para mí la felicidad es ese momento inmediatamente después de levantarme en el que elijo la música que ponerme para que mi día vaya redondo. Todos tenemos una lista de canciones que despiertan nuestro yo positivo y activan el cuerpo para que se mueva a su son. Yo no sé bailar, pero, por algún motivo, me encanta mover el cuerpo de manera ridícula. Por eso lo muevo en casa, lo muevo en la calle, en el parque, en el súper y, la verdad, en cualquier sitio donde el ritmo me encuentre.

Con el tiempo me he dado cuenta de que hacer el tonto es un don que no todo el mundo tiene. Y precisamente por eso me siento un privilegiado.

Si lo miras con perspectiva te das cuenta de que conservar tu yo infantil no es fácil, pero sí es muy gratificante.

Déjate de materialismos. El olor a pan recién hecho sí que es felicidad. Los olores que te recuerdan a personas o a momentos son magia. A mí el olor a pan recién hecho me recuerda a mi infancia, y parar el tiempo de vez en cuando y recordar también me hace muy feliz. No solo por esos momentos, sino por echar la vista atrás y ver lo lejos que has llegado. Tan lejos que en muchos casos no tenemos a nuestra familia a nuestro lado.

Hay pocas cosas que me hagan más feliz que mi familia. Son pilares fundamentales, como fundamentales son en mi día a día las risas, esas risas interminables, y los abrazos, esos gestos que recargan de energía hasta a la persona más apagada.

Pero, para apagado, un servidor después de comer. Sin mi café no soy persona, pero qué feliz me hace ese café. Tanto como estar con los míos. Esos planes caseros, de juegos de mesa, de fiestas de disfraces, o simples conversaciones infinitas.

Sin olvidarme de esos ratitos para mí, a solas conmigo mismo. Indispensables. Necesarios, muy necesarios. Y muy felices.

Para mí la felicidad no es una meta, ni un objetivo, ni el pico de una montaña enorme.

Para mí la felicidad son personas, momentos, sentimientos. Así que te animo a que valores lo que tienes y encuentres en ello tu felicidad.
Y así, seguramente, el próximo día de mierda, cuando te vuelvas a preguntar si eres feliz, encontrarás una respuesta distinta a la que te das normalmente.

Arrugas como resultado de sencillos placeres

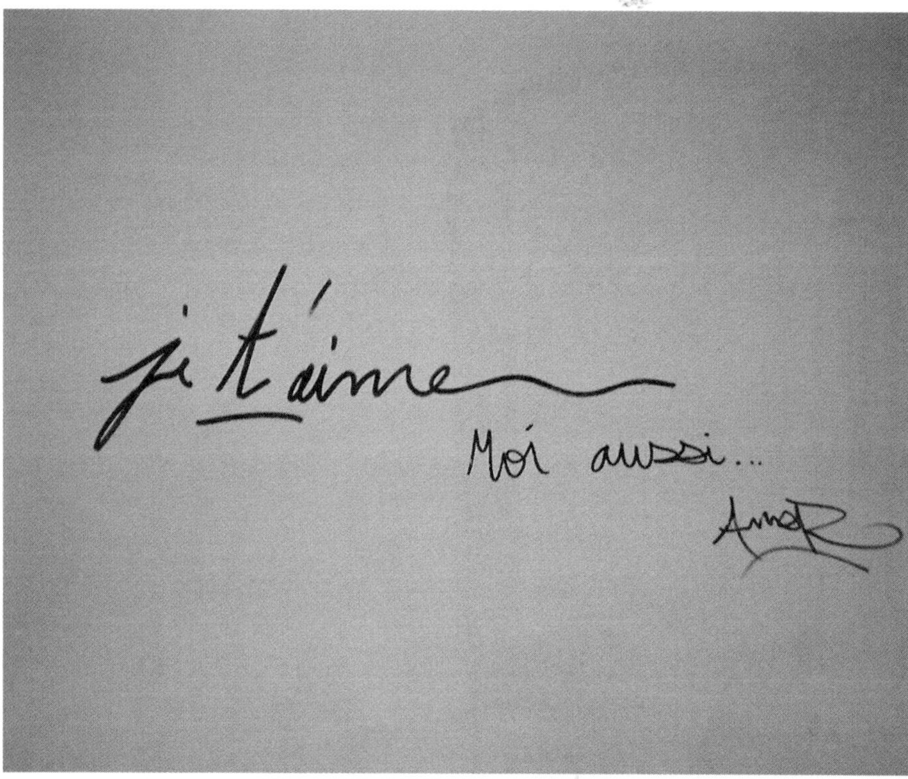
je t'aime
Moi aussi...

Amor

Me acabo de cruzar con alguien importante en mi vida y quería hablaros de él.

Quería hablaros de ese a quien todo el mundo busca alguna vez.

Ese que está a tu lado, aunque a veces no te des cuenta.

Ese que a veces llega muy rápido y otras se marcha para luego regresar fortalecido.

Ese con el que creces desde pequeño.

Ese que está y no está a la vez.

Ese con el que aprendes.

Ese que no entiende de edades, ni de géneros, ni de razas, ni de especies, ni de nada.

Ese que a veces tarda en llegar.

Ese que te hace llorar de pena, y también de alegría.

Ese por el que sufres, pero sufres gracias a que está en tu vida, y ese sufrimiento no es malo.

Ese que te hace leer un libro ocho veces, o estar veinticuatro horas escuchando la misma canción.

Ese que te cambia la mirada.

Ese que te hace pensar y sonreír a la vez.

Ese que te vuelve vulnerable.

Ese que a veces —muchas más de las que nos gustaría— no nos hace caso.

Ese que es muy agradecido y da sin recibir nada a cambio.

Ese que va a ser nuestro compañero en los mejores planes de nuestra vida.

Ese que también se equivoca.

Ese que, si aprendes a cuidar bien, se acabará convirtiendo en imprescindible.

Háblame

No me hables en un idioma que desconozco.
Si quieres que te entienda, háblame con esas miradas que no necesitan traducción.
Háblame con recuerdos.
Háblame con esas noches en las que tus pies se enredan con la manta y se la llevan toda, dejándome a mí destapado.
Háblame con las duchas de los domingos, y también con las de los lunes.
Háblame con besos y conversaciones largas, por favor.
Háblame con silencios.
Háblame con esas mañanas en las que aún sigo dormido.
Háblame con esas risas alocadas que te avergüenzan.
Háblame a gritos aun sabiendo que la razón la tengo yo.
Háblame entre líneas.
Háblame con esa sonrisa tonta que se te pone cuando hago el payaso.
Háblame despacio.
Pero, sobre todo, háblate mucho.

Perderme

Perderme, esa necesidad.
La necesidad de olvidar la infinidad de cosas que se te pasan por la cabeza.
La necesidad de cerrar los ojos, respirar y no pensar.
Just because I'm losing, doesn't mean I'm lost, dice una canción de Coldplay.
Estar perdiendo no significa estar perdido.
Perderme, esa necesidad.
Esa necesidad de tocar fondo para resurgir con más fuerza.
Esa necesidad de huir de todo y de todos.
Esa necesidad de encontrarme.
De encontrarme sin todo lo que me pesa, lo que me sobra.
Porque no somos máquinas, no tenemos baterías intercambiables, y nuestras fuerzas se agotan.
Y la única forma que conozco de recargarlas es perdiéndome...
... y encontrando de nuevo a mi yo perdido.

Alejarte del ruido y escucharte a ti. Eso también es música

Ella

¿Cuántas veces te has sentido solo?
Si a mí me hiciesen esa pregunta ahora mismo, respondería que... demasiadas.
Pero es curioso porque, cuanto más solos nos sentimos, menos lo estamos.
Parece un sinsentido, pero es algo que no llega a comprenderse hasta que te das cuenta de que ella siempre estará contigo.
Ella, nuestra fiel compañera de vida.
Querida y odiada a partes iguales, diría yo.
Bueno, según como la mires
Normalmente no nos gusta su compañía.
Seamos sinceros, nos aterra.
Esa idea de pasar con ella todos nuestros días es un miedo que alguna vez nos ha asediado a todos, pero en realidad nos da miedo porque no nos hemos dado el tiempo ni la oportunidad de conocerla.
Vamos a tener largas conversaciones con ella hasta altas horas de la madrugada... y qué necesarias son esas conversaciones. No se cansará de hablar con nosotros, porque ella es de esas que nunca se quedan sin tema del que hablar.
Y digo conversaciones como podría decir momentos de lectura, horas y horas de música, carreras en el parque a las siete de la mañana, pinceladas conjuntas en una hoja de papel arrugado, caminatas de vuelta a casa, ya sea por la mañana, por la tarde o por la noche.

Y también confesiones mientras contamos las estrellas. O las grietas que tiene nuestro techo. Es de esas que siempre te va a escuchar, apoyar, o simplemente estar a tu lado cuando la necesites. Como consejo, te diría que tuvieras cuidado de qué hablas con ella, porque tiene el don de llevarte a límites que hasta tú mismo desconocías.
Y aunque nunca vayas a poder mirarla a los ojos, muchas veces la vas a sentir a tu lado, tan necesaria como real.

Respira

Respirar es algo automático, pero ¿por qué a veces sentimos la necesidad de sintonizar con ese automatismo? ¿Por qué necesitamos que deje de ser instintivo, y empezar a respirar a conciencia?
Sinceramente, ni lo sé, ni quiero saberlo.
Porque eso sería rebuscar entre la simpleza de un gesto sencillo y robarle su magia.
Esa magia que consigue que con solo cerrar los ojos, inspirar profundamente y sentir cómo ese oxígeno recorre nuestro cuerpo se nos erice la piel, nos tiemblen los párpados y se nos relaje la mente.
Pruébalo.

Sí, esa magia.

Oscuridad

Que nadie os engañe: la oscuridad es necesaria para apreciar la luz.
Y yo ahora mismo necesitaría velas, linternas y el potente foco de un faro para ver algo que no sea negrura.
Estoy sentado en mi escritorio intentando escribir las páginas de este libro, de fondo suena *666* de Bon Iver y, al otro lado de la ventana, la lluvia le hace los coros.
Parecería una situación de película si no fuese por la oscuridad que se ha apoderado de mi mente.
Esa sensación que es tan difícil de explicar y mucho más difícil aún de describir...
Esa sensación.
Esa que hace que tenga miles de avionetas planeando por mi cabeza, pero no encuentre una maldita pista en la que hacerlas aterrizar.
Esa sensación de preocupación por todo y por nada.
Esa sensación de bloqueo absoluto, de frustración y de agobio.
Sí, yo también la siento, porque yo soy igual que vosotros, un chico normal y corriente. Y, ahora mismo, soy un chico normal, corriente y bloqueado que intenta plasmar lo que le pasa por la cabeza en unos cuantos folios de papel, unos folios que espera que puedan ayudar a alguien.

Y quizá, y solo quizá, ahí resida mi oscuridad: en la presión que me pongo a mí mismo.
Pero quién si no nosotros mismos podría presionarnos de tal manera que diésemos el ciento veinte por ciento de nosotros mismos.
Lo que nadie te dice es que, cuando sobrepasas tu cien por cien y te paras a asimilarlo..., lo ves todo negro.
Pero bendita mi oscuridad, si con ella consigo que para alguien cambien las cosas.

Lo que nos hace sentir vivos

El olor del pan recién hecho; la música del canto de los pájaros mientras haces pereza, enredándote entre las sábanas; el hormigueo en el paladar cuando pruebas de nuevo, después de mucho tiempo sin hacerlo, tu plato favorito de todos los de tu abuela; ver cómo el sol se esconde de ti tras el mar; el vello erizado al notar el agua fría cayéndote por la cara tras un día agotador; la emoción de quitarte las zapatillas tras un día de lluvia o la de ponerte calcetines gruesos en pleno invierno; el olor a mar, a tierra, a naturaleza, a verde, a libertad; las huellas que dejan las caricias; la felicidad de tener los pies sucios; mirar a la gente que quieres; escuchar una risa ajena y saber que tú eres su culpable; notar el latido de tu corazón tras pasar la barrera del miedo, de la adrenalina o del confort; las sensaciones que provoca la lluvia en todo su esplendor; la electricidad en las yemas de los dedos al recorrer cualquier superficie lentamente con ellas y palparla.

Mira, saborea, siente, huele, toca, escucha...

La vida resumida a su mínima esencia es eso.

Disfrutar de lo que nos hace sentir que estamos vivos.

La vida es
un baile
y tenemos
miedo
de que nos
saquen
a bailar

[redacted]

[redacted]

arbrisseaux [redacted]

[redacted]

[redacted]

espèces très adorables sur [redacted]

[redacted] branches

[redacted] ils poussent [redacted]

Equivócate

Hagamos el tonto

Supongo que te habrás dado cuenta de que la vida pasa. Con ella pasan momentos, pasan personas y en definitiva, pasamos nosotros. Y llega un día, que supongo que nos llega a todos varias veces a lo largo de nuestra existencia, en el que te planteas algunas cosas y, sobre todo, extrañas otras. Yo extraño que, a medida que crecemos, la madurez vaya marchitando poco a poco nuestro yo infantil. Habrá quien se ría de ese «yo infantil», y a mí me parece un poco triste esa actitud. La actitud de que la memoria no alcance a recordar cómo éramos por aquel entonces.

Te voy a hacer una pregunta.

¿Tú te recuerdas?

¿Recuerdas que por el simple hecho de disfrutar y pasártelo bien hacías —hacíamos— cualquier cosa?

Me pregunto en qué punto del camino perdimos el optimismo y las ganas de comernos el mundo. Cuál fue el momento de nuestra vida en que cerramos con pestillo la puerta de la imaginación, el instante en que le abrimos la puerta a la vergüenza.

No sé si te acordarás, pero éramos capaces de convertir dos o tres sábanas en castillos medievales con sus altas torres y sus fosos, habitados por princesas o caballeros. Que dos palos encontrados en ese parque que había debajo de tu casa se convertían en las espadas más afiladas del reino. Que el patio del recreo era una ciudad mucho más grande que Nueva York, donde podíamos escondernos de todos los policías que nos perseguían.

Que las franjas negras de los pasos de peatones eran océanos inmensos llenos de tiburones blancos. ¡Ya les habría gustado a muchos marineros haber surcado esas aguas, mientras que nosotros saltábamos para no pisarlas! Que una simple lata, un sencillo tapón, un pobre papel arrugado o una piedra nos servían para ser felices y para disfrutar de un buen partido de fútbol con nuestros amigos.

Creo que ha llegado un punto en el que estamos haciendo las cosas al revés.

Déjame que me explique.

Ahora cantamos en la ducha en vez de cantar por la calle. Bailamos a escondidas, o en soledad, cuando limpiamos la casa, en vez de echarnos a bailar cada vez que escuchamos música en una tienda, en un supermercado, o en cualquier esquina de la ciudad. Siempre que nos encontramos un bebé, o un niño pequeño, no dudamos en hacer el tonto con él, intentamos hacerle reír, pero cuando tenemos un adulto enfrente no hacemos esas cosas.

¿Sabéis por qué?

Yo creo que es porque cada vez que un adulto muestra su «yo infantil» en público, las malas miradas ajenas lo empujan otra vez a su escondite.

Hay muchas cosas que no me gustan de nuestra sociedad, pero una de ellas es que tropiece una, y otra, y otra vez en la misma piedra.

La piedra de la serenidad.

Hay muchas otras cosas que no entiendo de nuestra sociedad, pero una de

ellas es que cada vez que un adulto hace el tonto se le etiquete, se le ponga en la frente un pósit en el que se lee, en mayúsculas, la palabra «INMADURO».

Pero desde luego lo que se lleva la medalla de oro en las cosas que me dan rabia de la sociedad adulta es ver cómo los niños cada vez tienen más prisa por crecer y hacer cosas de adultos: fumar, beber, follar... y todas esas cosas que creen que les van a hacer madurar o les van a hacer parecer más adultos sin darse cuenta de que en vez de ganar madurez están perdiendo lo único que no vuelve, que es su infancia.

No, por si no lo sabías, o tenías todavía alguna esperanza, la infancia no vuelve. No, no vuelve.

Pero si cuidas tu «yo infantil», tu yo original, alocado, sinvergüenza, ese nunca, nunca se irá.

Todos deberíamos vivir con la locura de un niño, con la locura

que teníamos de pequeños, y
afrontar todos los problemas
que se nos presenten en el día
a día con la madurez que vamos
adquiriendo.
No sé vosotros, pero yo lo
tengo muy claro: a mí me da
igual lo que diga, o piense
la gente que no me conoce.
Yo voy a seguir disfrutando de
la vida, porque es muy corta.
Y, por supuesto, voy a seguir
haciendo el tonto... a mi
manera.

Lo más sencillo es complicarse

La vida es tan cabrona que siempre nos lleva a tomar el camino fácil. Pero si te paras a pensarlo un segundo, llegarás a la conclusión de que lo más sencillo es complicarse. En época de decisiones cruciales —exámenes finales, selectividad, qué carrera elegir o qué hacer cuando se acaba la universidad—, siempre nos hacemos la misma pregunta: ¿hacia dónde voy, vida?

Sé que la frase «quien no arriesga no gana» suena demasiado a tópico, pero... ¿sabéis qué?

Que quien no arriesga, no ama, no siente, no aprende y, sobre todo, no vive.

Esa sensación de satisfacción que produce que algo en lo que llevas trabajando mucho tiempo y que tal vez al principio te daba miedo, que mucha gente te dijo que no eras capaz de hacer, pero que gracias al sudor de tu frente y a tu sacrificio ha dado sus frutos, no la cambiaría por nada del mundo.

Ahí, justo en ese momento, es cuando te das cuenta de que en este mundo de cobardes los valientes son los que de verdad viven.

Mucha gente achaca el trabajo y, sobre todo, el éxito de los demás a la suerte. Pero esto es algo que a mí me da muchísima rabia, porque ¿sabéis una cosa?

La suerte no existe.

La suerte es solo la excusa con la que un día un cobarde intentó autoconvencerse de que otros podían conseguir algo que él no había intentado, pero esos otros sí.

Hay cosas más bonitas que triunfar en la vida.

Es mucho más bonito, por ejemplo, caer, aprender de ello y levantarte. O conseguir algo que ni tú mismo pensaste que lograrías. Y aunque parezca una tontería, ver la cara de tus padres, amigos y conocidos orgullosos de lo que estás logrando es mucho más bonito todavía.

Pero, sobre todo, lo más importante, es que no hay nada más bonito que ser tú mismo.

Créeme cuando te digo que no necesitas suerte.

Lo que necesitas es moverte.

El vagón del silencio

La sociedad actual es como el último vagón del AVE, el famoso «vagón del silencio», ese en el que está prohibido hacer cualquier tipo de ruido. Y cuando digo cualquier tipo de ruido, me refiero a absolutamente cualquiera. No puedes llevar la música un poco alta, ni hablar por teléfono o con tu compañero de asiento, ni reírte, y ni se te ocurra ir acompañado de un bebé que llore porque entonces sentirás el odio que te profesa el vagón entero durante todo el trayecto.

Esta reflexión se me ocurrió curiosamente a raíz de tener que mandar una nota de audio de medio segundo y recibir sendas reprimendas de una señora mayor y de un estudiante. Si a ti también te ha pasado, ahora mismo te estarás riendo conmigo, y, si no, te estarás riendo de mí. En ese momento vi claro el símil: cualquier persona que se salga un centímetro de los cánones establecidos por la sociedad es víctima de reproches y reprimendas, incluso de odio, como me pasó a mí en ese vagón.

La diferencia es que en el tren hay siete coches más en los que puedes ser y hacer lo que te dé la gana. Pero en la vida no: en la vida solo existe el vagón en el que viajas.

Lamentablemente, no puedes cambiar la mentalidad del resto de la gente, pero la tuya sí.

Así que sal a la calle, vístete como te dé la real gana, siéntete cómodo contigo mismo, ríe, llora, expresa tus emociones.

Pero, sobre todo, pon a la sociedad en silencio...

... y así el vagón del silencio cobrará verdadero sentido.

A «no ser», yo ya no juego

Cuántas veces me he mirado en el espejo y no he reconocido a la persona que estaba viendo reflejada en él. La corriente en la que vivimos nos está arrastrando a «no ser», ese lugar desconocido e inhóspito en el que deseamos ser como otros sin preocuparnos lo más mínimo de cómo narices queremos ser nosotros.

Desde pequeños nos enseñan a jugar a ser otros: en el recreo del colegio, en casa con los amigos, en el parque... queremos ser ese futbolista, esa actriz, ese cantante, esa heroína.

El problema es que no somos capaces de abrir los ojos y ver que todas esas cosas que hacemos mientras intentamos ser otros podemos hacerlas exactamente igual siendo nosotros mismos. Que si crees suficientemente en ti no te hará falta ser nadie más que tú mismo para salvar a ese príncipe en apuros, llenar estadios cantando esa canción que siempre soñaste componer o marcar el gol decisivo en la final del torneo.

Lo que quiero decir es que si no nos educan para creer en nosotros mismos desde pequeños, será muy difícil que de mayores creamos que en quien nos hemos convertido es alguien capaz de cumplir sus sueños y hacer lo que se proponga.

Deberíamos enseñar a jugar «a ser» en vez de jugar «a no ser». Porque no hay mejor juego que el de conocerse a uno mismo poco a poco. Experimentar, caerte, darte cuenta de tus limitaciones, perder muchas veces y ganar otras pocas.

Porque, si no, llegará un día en el que te mirarás al espejo y no reconocerás a la persona que tienes delante.

Porque, si no, llegará un día que te dirás a ti mismo: «A "no ser", yo ya no juego».

Disfruta de la lentitud de lo efímero

Cabezota

Dicen que en la naturaleza de todo buen aragonés está el ser cabezota. Y yo, por supuesto, no iba a ser menos. Aunque en realidad creo que no es algo que esté solo en la naturaleza de los aragoneses, sino en la de toda la raza humana.

Sí, no solo me pasa a mí.

Si lo piensas bien, todos somos un poco cabezotas.

Porque, a ver, ¿cuántas veces te han dicho «no hagas esto, o aquello, que te vas a hacer daño», y tú has hecho caso omiso, y de todas maneras has hecho eso que te han advertido que no hagas? Seguro que las mismas que yo. Yo desoigo estas advertencias porque soy tan estúpido como curioso. Y porque yo (igual que tú) pienso que, por la gracia del universo, soy diferente al resto. Diferente de quien me ha dado la advertencia. Y que lo que a él o ella una vez le salió mal, a mí me va a salir bien.

Y no.

No es así.

La situación se repite una y otra vez, con diferentes experiencias. Es como en esos vídeos de caídas en los que el sonido del impacto termina convirtiéndose en una canción de fondo. A fuerza de cabezonería me caigo una y otra vez. Y no es por desconocimiento, porque en todas mis caídas ha habido alguien que antes me ha avisado de lo que

podía pasar. Por lo general, alguien mayor que yo que, aparte de tener más arrugas, también tiene más experiencia.
Sí, ellos ya se han dado la hostia, y cometen la equivocación de querer ahorrártela a ti.
Sí, has leído bien.
Querer ahorrarte la hostia es una equivocación.
Porque algunas hostias son necesarias.
Porque el ser humano aprende a base de ensayo y error.
Porque los humanos somos cabezotas y necesitamos esas hostias para darnos cuenta de que solo somos humanos.
Humanos diferentes, capacitados, inteligentes..., pero limitados.
Limitados, esa es la clave.
Una clave que no desentrañarás hasta que no conozcas tus límites, sin la que no serás capaz de saber hasta dónde puedes llegar.
Que puede ser muy lejos, créeme.
Pero será imposible que la alcances si por el camino no coleccionas algún moratón de esas hostias necesarias que nadie, absolutamente nadie, puede evitar que te des.

Mute

¿Cuántas veces has deseado tener el botón de MUTE en tu vida?

Yo muchas.

Me gustaría poner en *mute* a toda esa gente desinformada que cree tener razón, a todas esas almas inseguras que intentan completar sus vidas metiéndose con las de los demás, a todos los que se creen mejores que tú, a los que te dicen «no serás capaz de lograrlo», a los sabelotodos, a los abanderados del «te lo dije», o los que no se quitan de la boca el «yo lo hubiese hecho mejor», a los opinólogos del «estabas mejor antes» y del «podrías estar mejor», a los gurús del «pues entonces haber estudiado una carrera de verdad» y a los matasueños del «quítate esos pájaros de la cabeza».

Si tú también te has encontrado a todo este tipo de personajes en tu vida, tienes suerte.

Tienes suerte, porque eso quiere decir que has tenido que enfrentarte a tomar muchas decisiones, además de a todos los que te han intentado entorpecer la elección.

Tienes suerte porque eso significa que estás vivo.

Porque la vida va de eso, de tomar decisiones.

Y, aunque solo exista en tu imaginación, tú tienes el poder de elegir cuándo apretar el *mute*, ese botón que lo silencia todo.

Para que puedas escucharte a ti mismo.

Y hacer caso a lo único que de verdad importa.

Que es lo que te diga tu corazón.

Enamórate mal

¿Sabes cuál es la mejor manera de aprender a hacer algo bien?
Haberlo hecho mal primero.
Y no, el amor no es una excepción.
Así que enamórate.
Enamórate mal y vuélvete a enamorar.
Enamórate de personas, de lugares, de sueños.
Enamórate de ti, de tus libros, de tus mascotas, de tus canciones, de tus comidas.
Enamórate de más personas, enamórate de ti otra vez.
Enamórate mal, muchas veces, y muchas veces más.
Porque no nacemos sabiendo querer, ni tampoco sabiendo apreciar.
Porque no nacemos aprendidos, ni moriremos habiendo aprendido.
Así que enamórate bien,
o enamórate mal,
pero enamórate.

Gigante

Quiero hacerte una pregunta.
Piénsate bien la respuesta antes de responder, porque parece una cuestión fácil, pero no lo es.
¿Preparado?
¿Seguro?
Pues ahí va.
¿Cuánto mides?
No he podido escucharte, pero estoy seguro de que te has apresurado demasiado en responder. Independientemente de la cantidad de centímetros que hayas pensado, te has equivocado. Y no, no hace falta que te vuelvas a medir, porque yo no me refiero a tu altura física, sino a la mental.
Cometemos el error —yo el primero, tengo que reconocerlo— de pensar que somos diminutos en este mundo tan enorme. Y, físicamente, es razonable sentirse abrumado por la inmensidad. Pero ¿sabes qué es lo que pasa cuando te sientes así?
Seguro que ahora has tardado más en responder, pero esta respuesta es mucho más fácil, porque se resume en una sola palabra.
Sí, esa es.
Impotencia.
Cuando nos sentimos impotentes, nos vemos incapaces de hacer, de atrevernos, de decir que no, o que sí, de dar el paso o la zancada necesarios para cambiar el mundo.
Para cambiar tu mundo, para cambiarte a ti, para verte como en realidad eres.

[redacted]

Es un razonamiento muy sencillo: si no crees que existen los gigantes, jamás podrás convertirte en uno.

Pero voy a darte otra oportunidad, y esta vez no va a hacer falta que te pienses tanto tu respuesta.

Venga, dímelo ahora.

¿Cuánto mides?

[redacted]

Si no te mueves nunca llegarás a conocerte

Lo que no te deja dormir

Son las 2:46 a. m. y aquí estoy, con [redacted]
sin los ojos abiertos y sin poder dormir.
Otra vez.
No, no es lo que pensáis, no es insomnio. Te voy a explicar qué es.
Lo que me pasa es que mi cabeza es bastante cabrona y no me da tregua. Para que te hagas una idea de lo cabrona que es, cuando cierro los ojos me hace recordar todos los momentos del día, de la semana, del mes, de los años pasados, en los que no he tenido valor suficiente para hacer algo. Y, cuando creo que ya se ha cansado y va a dejarme en paz, rebobina la película y me vuelve a enseñar las mismas situaciones, mostrándome ahora lo que podría haber conseguido si me hubiera atrevido.
Sí, mis famosos y queridos «y si...».
Así que aquí estoy, ahora son las 2:53 a. m. y sigo pensando en todas las cosas que quiero hacer y todavía no he hecho. Lo peor de todo es lo feliz que me hace imaginármelas, y no puedo evitar pensar que... ¿a qué narices estoy esperando para hacerlas?
Mi cabeza es una cabrona, sí, pero es la única que me recuerda insistentemente, todas las veces que haga falta, que no hay nada de malo en tener agallas.
Lo que no te deja dormir hoy es el futuro de mañana.

No todo es tan bonito

¿Conoces ese refrán que dice que una mentira contada cien veces acaba convirtiéndose en verdad?

Pues es mentira.

Es triste que hayamos llegado al punto de que una foto o un vídeo tenga más sentido que nuestra propia realidad.

Las vidas perfectas o ideales con las que comparas la tuya no existen.

No estás teniendo en cuenta algo muy importante, y es que tenemos el control del contenido que publicamos.

Compartimos lo que queremos, y normalmente suele ser una parte subjetiva y a veces hasta [redacted] distorsionada de nuestra vida.

Por ponerte un ejemplo: una foto en Instagram de una supermegafiesta que en realidad fue tan muermo que nos acabamos yendo a los veinte minutos.

Y, sin embargo, tú desearías estar allí.

Por favor, no te creas todo lo que veas.

La realidad no está en la pantalla de tu teléfono.

Está ahí fuera.

Y, sin filtros, es mucho [redacted] más cruda.

Pero más real.

Perder el tiempo

En mi humilde opinión, creo que tenemos un concepto erróneo del tiempo cuando lo dividimos en productivo, libre y perdido. A ver, ¿alguien puede decirme cómo se llama el resto del tiempo, ese que no es libre? ¿Tiempo esclavo?
Con esta frase tan enrevesada quiero en realidad decir algo muy sencillo: que el tiempo solo es eso, tiempo, da igual en qué lo invirtamos. Es una línea que tiene un comienzo y un final. No se pierde, no es más libre por emplearlo en hacer cosas que te gustan, ni menos por dedicarlo a cosas que no te gustan.
Ahí es precisamente donde radica el error: la sociedad nos implanta de serie la idea de que hay que tener una vida preestablecida, y de que todo lo que se salga de ahí, está mal. Si no estudias hasta los veinticinco, si no encuentras trabajo y te independizas, si no formas una familia, si no trabajas lo suficiente como para jubilarte, etcétera, etcétera, etcétera, estás malgastando tu tiempo.

Llamamos tiempo libre al tiempo que nos queda después del trabajo, pero no debería ser así.
Nuestro tiempo siempre debería ser libre, porque deberíamos trabajar en algo que nos apasionara y que no consideráramos tiempo obligado.
Deberíamos poder tomarnos un respiro del trabajo si lo necesitáramos. Deberíamos dejar de juzgar a la gente por creer que tiene un trabajo en el que solo pierde el tiempo.
Deberíamos apreciar el tiempo como se merece, y eso conlleva tomar decisiones. Deberíamos decidir disfrutar de nuestro tiempo.
Porque ¿sabéis una cosa?
Nosotros somos sus únicos dueños, y es nuestra responsabilidad exprimir al máximo hasta el último instante que se nos concede porque...
... el minuto que acaba de pasar, no va a volver.

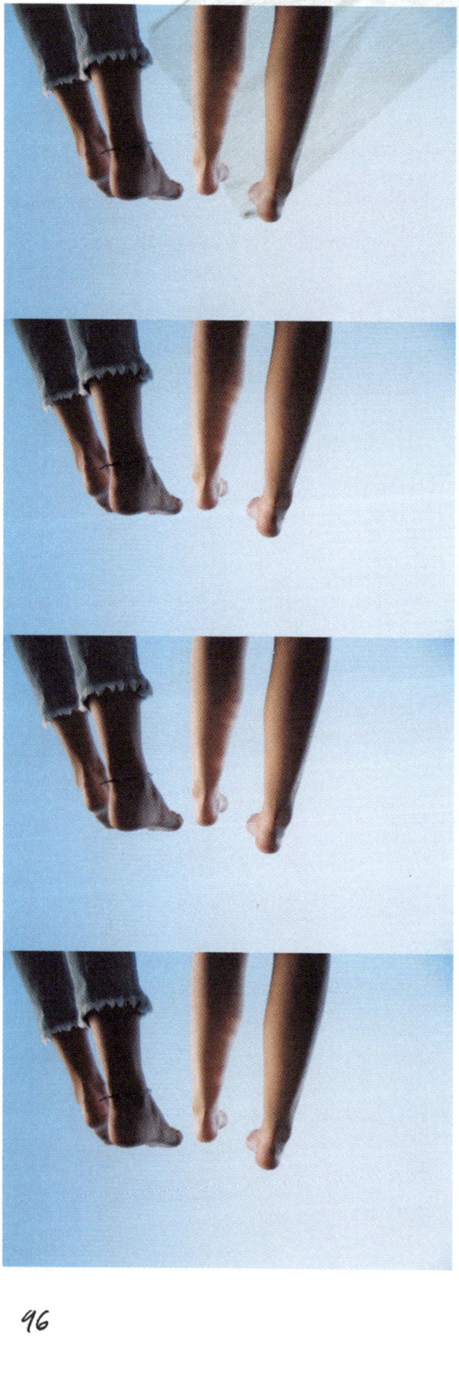

No te acomodes

Todo esfuerzo tiene su recompensa.
Todo esfuerzo tiene su recompensa.
Todo esfuerzo tiene su recompensa.

Por mucho que me repita esta frase, sigue pareciéndome incompleta.
Da a entender que la recompensa es el final del esfuerzo, que una vez logrado un objetivo ya está, ya vale de sudar, de pegarse madrugones, de esforzarse, de dar el ciento ochenta por ciento. Que basta de sufrir, basta YA. Que ya ha sido suficiente: que una vez con el premio en la mano puedes dejar de esforzarte.
Escalar una montaña cuesta tanto que sería una pena que, cuando ya estés admirando el paisaje desde la cima, decidas que el siguiente paso es dejarte caer rodando por la ladera hasta el suelo. Sería una pena que no te replanteases que puede haber algo que te interese alcanzar más allá de esa cima.

Una montaña más lejana, el cielo, las nubes o, simplemente, otra faceta de ti.
No te acomodes.
Es el mayor error que he cometido y el que más me ha enseñado.
No te acomodes.
Esfuérzate cada día, tengas o no una meta. Da igual que sea un objetivo que afecte a tu vida personal, sentimental, laboral, deportiva, artística, familiar, profesional o a nada de todo lo anterior.
Busca siempre lo siguiente, lo que está por llegar.
El premio es una guía más en el camino, una estación, una parada para repostar y disfrutar de las horas de esfuerzo, pero no es el final, ni mucho menos.

No te acomodes.

No te acomodes.

No te acomodes.

Por mucho que me repita esta frase, siempre seguirá pareciéndome incompleta.

→

Sueña alto

El mundo está lleno de barreras infranqueables, de murallas gigantescas sin peldaños con las que escalarlas. El mundo está lleno de «noes», de imposibles más altos que las habichuelas mágicas del cuento, esas que llevaban al reino de los gigantes. Cuando tienes los pies bien plantados en el suelo es cuando más inmensas te parecen esas barreras, pero... ¿quién dice que son imposibles de saltar?

En las carreras de la vida, por lo general, solo uno consigue llegar el primero, pero si no sueñas con el primer puesto del podio jamás conseguirás alcanzarlo.

Tener los pies en la tierra y ser conscientes de nuestras capacidades es necesario y, a veces, inevitable, pero hay un uno por ciento de nuestro ser que se escapa a esa sensatez. Ese uno por ciento es el que nos hace soñar con que es posible alcanzar ciertas metas.

Y solo esas personas que sueñan alto son las que llegan a saltar los imposibles.

Curiosamente, esas personas normalmente suelen ser niños.

Si no me crees, haz la prueba.

Pregúntale a un niño de qué es capaz, y después pregúntale

lo mismo a un adulto. Te sorprenderá la comparación.
Los niños son capaces de saltar cualquier imposible.
Por eso no debemos quitarle la ilusión a los niños, ya que es lo más poderoso que tienen, lo que más lejos les permite llegar, y que nosotros, los adultos, vamos perdiendo con el tiempo.
Así que si aceptas un humilde consejo...

Sé niño, y sueña alto.

Ver lo que los demás solo miran

Aprende

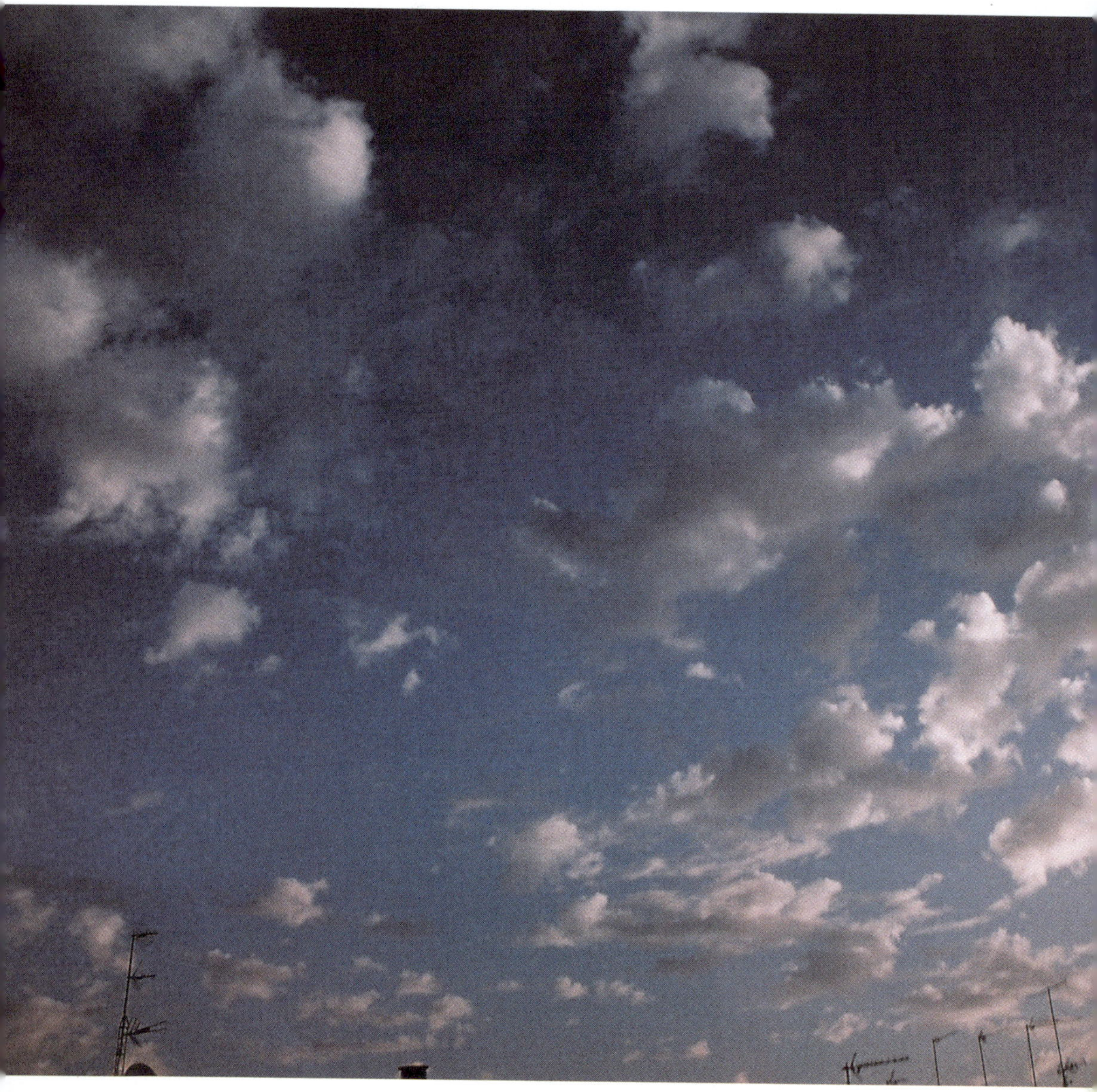

Mañana más y peor

Pero ¿el dicho no era «mañana más y mejor»?
Lo que el dicho no dice es que la vida no es
de color de rosa. Que hay baches, hoyos,
callejones sin salida, problemas, personas que
se marchan y caminos que cuesta mucho recorrer.
Un día llegué a la conclusión de que no me
hacía ningún favor pensando que mañana, por
gracia divina, el día iba a ir mejor que el
presente.
Y de ahí salió mi «mañana más y peor».
Porque por suerte o por desgracia no tenemos
la posibilidad de manejar todo lo que
acontece en nuestro día a día.
La vida va por su camino y tú por el tuyo.
Lo que sí está en tu mano es la posibilidad
de influir en aquellas cosas que ocurren con
hechos y actitudes.
Y eso quería reflejar en mi dicho.
Que mañana seguramente vendrán cosas
peores...,
... pero yo estoy preparado para ellas.
Así que bienvenido, mañana.
Mañana más y peor.

Motivación

En la vida te van a ocurrir muchísimas cosas que te llevarán a elegir entre un camino y otro, y muchas veces tener un plan B lo único que hace es distraerte de tu plan A. Yo creo que no está mal tener una vía de escape, pero sí es cierto que conviene centrarse y creer tanto en ese plan como en ti mismo.
Los pasos pequeños a veces no se valoran, pero un paso pequeño ya es un avance. Muchos pasos pequeños, hacen un camino.
Lo que sí es cierto es que, si te quedas quieto, no vas a ganar absolutamente nada.
En esta vida hay que arriesgar.
Es complicado, lo sé.
Da miedo, lo sé.
Pero si no lo haces en esta vida, no lo vas a hacer en ninguna otra porque, siento decírtelo, pero...
... no vas a tener ninguna más.
Yo no pretendo ser un modelo para nadie, ni alguien que tenga todas las respuestas, en absoluto.
Soy una persona normal y corriente que tiene una vida seguramente muy parecida a la tuya. Una persona que se ha tenido que enfrentar a la toma de decisiones exactamente igual que tú.
A veces pensamos que lo peor que nos ha pasado en la vida es un freno, pero muchas veces esas mismas experiencias duras resultan ser lo mejor que nos podría

haber pasado. Es muy fácil decir que hay que saber caerse y que en la vida hay que tropezar para aprender, pero lo que realmente hay que saber y aprender es a levantarse. Pero para levantarse, previamente hay que haberse caído, por eso yo creo que debemos tomar los obstáculos y las cosas malas que nos pasan en la vida como una oportunidad de crecer y aprender.

Con todo esto lo que quiero decir es que a todo en la vida se llega por un camino, y aunque pensemos que la felicidad es un fin, una meta, en realidad la felicidad se encuentra por el camino disfrutando de lo que estás haciendo para llegar a tu propio fin.

Mañana empiezo esto, mañana lucho...

Mañana, mañana, mañana es nuestra excusa eterna para no motivarnos.

Y, al final, ese ansiado mañana llega y te lamentas de no haber empezado hoy.

Pero el tiempo corre en una dirección desconocida y...

... tú, no sé a qué esperas para moverte.

Personas tóxicas

Sabéis que mi filosofía es sonreír, ser feliz y pasarlo bien, pero es cierto que hay días, momentos, personas que te arrebatan esa felicidad, esa sonrisa, esa alegría.

Esas personas son las que hay que mantener alejadas de nosotros, de nuestro círculo y, en general, de nuestra vida.

Un prototipo de persona tóxica son los mentirosos. Yo, personalmente, odio a las personas mentirosas. A mí siempre se me ha dado fatal: se me nota muchísimo cada vez que miento, se me ve en la cara, no me sale. He llegado a conocer gente que vive convencida de que su propia mentira es verdad. Gente que dice tantas mentiras al día que se ha creado una especie de realidad paralela a la que viven.

Otro tipo de personas tóxicas de las que no me gusta rodearme es de esa gente que solo mira y se preocupa por su propio éxito, que le da igual la gente. Esas personas que dicen «yo, yo, yo, yo, yo, y tú..., bueno, ya si eso... después».

También intento mantener apartadas de mi vida a las personas interesadas. Las que solo están o aparecen de repente cuando pueden sacar algo en claro, pero que hace un año no se acordaban ni de tu nombre. Odio a las personas interesadas, las que solo te necesitan cuando las cosas te van bien. Es como cuando te echas colonia, que parece que todo el mundo te rodea porque hueles de maravilla, pero cuando todo va mal, de repente desaparecen sin dejar rastro.

Y por último, las personas que más odio en este mundo, que no quiero tener en mi vida jamás —y si las tengo, o las he tenido, intento, si bien no echarlas de mi lado, sí huir

corriendo de ellas lo más lejos posible— son las personas falsas. No hay nada que me siente peor —porque además soy muy dado a perdonar, y tal vez peque de estúpido, pero tiendo a creer que en el fondo todas las personas tienen algo bueno— que alguien te ponga una cara por delante y, luego, a tus espaldas, tenga la contraria. Me da muchísima rabia que haya gente que pueda ser así, y justamente este tipo de personas engloban todas las anteriores.

En resumen, odio a las personas tóxicas.

Esas personas que aparecen de repente en tu vida y, casualmente, todo empieza a ir mal, ya sea porque esas personas te influencian mal, por lo que dicen o lo que dejan de decir, por lo que hacen a tus espaldas, por el motivo que sea.

Esas personas que conviene aprender a detectar cuanto antes para vivir lo más apartado de ellas que sea posible.

Porque la vida ya es bastante difícil de por sí. Huye de cualquiera que intente envenenártela.

Sonríete más

No soy feliz

Esto es lo que pasa cuando el pasado y el presente de la inseguridad humana se abren y se sinceran.
Desde siempre le he dado más importancia de la que tiene a mi físico, y creo que nunca he estado del todo conforme con él.
He pasado muchos minutos de mi vida queriendo ser otra persona distinta a la que soy. Desde pequeño detesto la forma de mi nariz. Hasta que me pusieron aparato, odiaba mis dientes y mi boca en general. Tengo un pánico excesivo a quedarme calvo, creo que es una de las cosas que más miedo me da.
Siempre he dicho que yo era muy, muy, pero que muy feo de pequeño. Y no sé si lo era o no, pero creo que lo realmente importante es que yo me veía y me sentía muy feo.
El complejo con mi nariz probablemente sea uno de los primeros que tuve. Por suerte o por desgracia, los niños son crueles, no piensan las cosas, les falta la empatía de los adultos, y siempre suelen atacar los mayores defectos que ven en otras personas. Desde muy pequeño fui consciente de que mi mayor defecto físico era mi nariz y cada vez que alguien me la nombraba o se metía con ella, mi inseguridad crecía, acentuándose en la adolescencia.
Por mucho que me hubiera cambiado la cara y la gente me dijera que ahora estaba mucho más guapo, a mí me daba igual, porque al final terminas percibiéndote a ti mismo como tú crees que eres, no como la gente te ve.

Los defectos son lo que tú percibes como anormal, lo que se sale del canon de belleza que establece la sociedad. Precisamente por eso, por un afán de encajar, de pequeño yo le decía a mi madre que cuando tuviera dinero me operaría la nariz, porque no me gustaba y era lo que me afeaba. Y en mi ingenuidad pensaba que operándome y cambiando mi nariz iba a ser una persona nueva, un Alex nuevo. Pero, por suerte, con los años te vas dando cuenta de que el físico es algo muy relativo y de que, desde luego, no es algo importante.

Al llegar a la pubertad me llené de granos, tenía el pelo graso, llevaba ortodoncia, y todo eso confluía en mi timidez y mis inseguridades.
Pero mi físico no es lo único que no me gusta de mí.
Como de pequeño no destacaba en nada, deseaba con todas mis fuerzas ser el mejor en algo, y me esforzaba al máximo por conseguirlo para tener al menos un minuto de atención y de gloria. Lo pasé muy mal en el colegio por ser muy tímido. Y no solo en el colegio, sino también con las chicas.
Comparado con otros chicos de mi clase, que tenían moto, o que eran guapos y guays, yo me encerraba en mi burbuja, no socializaba y me convertí, yo solo, en un patito feo.
Hay una frase en la que pienso cada vez que me atacan las inseguridades. Esa tan conocida de que «el amor es ciego».
Y es que es tan cierta... Porque cuando quieres a una persona, cuando te enamoras de alguien, lo haces del conjunto. Y ese conjunto hace que veas a esa persona como lo más bello que hay en este mundo. Parece una tontería y solemos pasarlo por alto, pero tendríamos que darle más importancia a que ese conjunto, ese todo, que es el que nos define, es también el que tiene el poder de convertirnos en la persona más bonita del planeta a ojos de otro. El físico no es más que un pequeño porcentaje de ese todo.

Con esto lo único que quiero recalcar es la importancia de aprender a quererse, porque cuando tú te quieres y te aceptas tal y como eres, es mucho más difícil que te hagan daño o que tú te hagas daño a ti mismo mirándote al espejo. Cuando te quieres y te aceptas, te da igual que se metan contigo, porque nadie podrá hacerte sentir inseguro.

El primer paso para quererte a ti mismo es mirarte al espejo y ver la mejor versión de ti. Esa persona que te mira desde tu reflejo eres tú, no hay más vuelta de hoja. Eres tú, y te queda toda una vida por delante con ese aspecto. Y cuando por fin te quieras y te aceptes a ti mismo, te verás como realmente eres y no como crees que eres.

Sé que es complicado salir de esa nube de inseguridad, pero, conforme vas creciendo, te vas dando cuenta de que la importancia del físico disminuye y lo que realmente cobra protagonismo es la personalidad. Por eso tienes que buscar personas, y no físicos.

Cuando te quieres a ti mismo, aprovechas al máximo todo el potencial que tienes y ves hasta dónde puedes llegar.

Que es...

Muy lejos.

Cuando confías en ti, no hay límites.

Yo no era feliz conmigo mismo.

Pero estoy luchando.

Y estoy consiguiendo serlo.

Paciencia

Seguro que estabas empezando a ponerte nervioso al no ver nada escrito.

Pero ¿qué esperabas?

Este texto se llama «paciencia».

Pero con él no quiero hablarte de la tranquilidad, ni de la calma para esperar.

Quiero hablarte de la otra paciencia.

La que se practicaba hace muchos años.

Esa que me atrevería a decir que ni tú ni yo hemos experimentado nunca.

Y ahora es cuando te preguntas: «Pero ¿a qué juegas, hablándome de algo que no has experimentado?».

Si yo estuviera en tu lugar, seguramente se me pasaría por la cabeza.

Pero te hablo de la paciencia porque quiero experimentarla.

Quiero, aunque solo sea durante un segundo, ser paciente como se era antes.

Porque la realidad es que no todo lo nuevo, o lo novedoso, es mejor que lo antiguo, o lo pasado. Su condición de novedad significa simplemente que se ha hecho recientemente. Yo no soy un enemigo de la modernidad: sé, y valoro, que hay actitudes, mentalidades, maquinaria y todo tipo de progresos que hemos conseguido mejorar o crear basándonos en versiones antiguas. Pero hay muchas otras cosas que el tiempo ha demostrado que estaban mucho mejor antes que ahora.

Entonces, ¿por qué cambiarlas?
Me refiero a eso que sucede cuando somos testigos de cómo se aman dos personas mayores, de cómo se miran como si fuese el primer día después de tantos años y nos extraña. Eso que nos lleva a comentar: «Esto, hoy en día, es imposible».
Me refiero a eso que a los meses de estar en tu nuevo empleo te lleva a preguntarte: «¿Qué hago aquí? Yo no he estudiado una carrera y un máster para estar mecanografiando para otro y cobrar 600 euros al mes».
Hablo de eso que hace que el amor hoy en día sea efímero, eso que nos lleva a escudarnos en la maldita excusa de que el enamoramiento solo dura seis meses. Eso que hace que confiemos, valoremos y estemos más dispuestos a dar una oportunidad a la tentación, a lo prohibido, al impulso antes que al verdadero amor.
Eso que hace que desistas de tus metas, de tus objetivos, de tus acciones, de tus experimentos mucho antes de tener oportunidad de demostrar que pueden funcionar.
Hablo de que ahora, cuando tienes hambre, ya ni siquiera tienes que moverte porque la comida llega en veinte minutos a tu casa.
Hablo de querer conocer gente, o ligar, y que lo único que haya que hacer sea deslizar el dedo hacia la derecha o la izquierda.
Hablo de necesitar algo y que ya no haya necesidad de patearse la ciudad o los centros comerciales porque con tu cuenta premium lo tienes en tu casa al día siguiente.

Hablo de que a día de hoy, cuando no sabemos algo, no tenemos la necesidad de estudiarlo o buscarlo en un libro, una enciclopedia o un diccionario porque simplemente con hacer clic tenemos todo un universo de información disponible.

El problema de todo «eso» es que hemos perdido la sabiduría de darle a las cosas el valor que les corresponde. Ya no las cuidamos porque, total, ¿qué más da?, si con ese simple clic podemos tener otras nuevas.

Y cuando digo cosas, también me refiero a personas.

No hablo desde la nostalgia.

Ojalá lo hiciera.

Por suerte, creo que todos tenemos gente a nuestro alrededor que sí ha experimentado la verdadera paciencia y de la que podemos aprender.

Yo hablo desde el deseo de que volvamos a recuperar esa experiencia.

Y no, no hablo de saber esperar.

Si piensas eso es que no has entendido nada de este texto.

De lo que yo hablo es de todas esas cosas, sentimientos, emociones, sensaciones, valores que llegan y que descubres mientras estás esperando.

Porque, ¿sabes qué?

Las mejores cosas llevan mucho más tiempo que un simple clic.

Ya no hay lugar

La sociedad evoluciona muy rápido.
Tanto que estamos perdiendo cosas por el camino sin darnos cuenta.
Cosas para las que ya no hay lugar.
Ya no hay lugar para la infancia, esa que tú disfrutaste rompiendo un pantalón tras otro de tanto jugar con tus amigos en el parque. Esa en la que sonreías cada vez que exprimías al máximo cada segundo sin querer crecer. Esa en la que eras feliz coleccionando tazos, cromos, gogos o personalizando tu peonza. Esa durante la que reías a carcajadas porque sabías que los disfraces, los mocos en la cara, ponerte perdido comiendo y tirarte pedos eran sinónimos de risas y no de vergüenza. Ahora los niños solo quieren crecer cuanto antes para entrar en las discotecas, ser guays con un cigarro en la mano, averiguar el sabor del alcohol y descubrir qué es el sexo.

Ya no hay lugar para la paciencia. Hemos crecido en un mundo instantáneo. Lo queremos todo aquí y ahora. Nos cansamos de carreras y trabajos al mes de estar en ellos, porque no es lo nuestro, nos escudamos en que el enamoramiento dura seis meses para romper relaciones que no sabemos cuidar. Ahora todo se puede hacer desde nuestro móvil: comprar ropa, viajes, comida, ligar. Hemos perdido la paciencia. Se ha cansado de nosotros, valga la redundancia.

Ya la echaremos de menos...

Ya no hay lugar para lo diferente. Hoy en día todo el mundo se cree con la potestad de poder opinar sobre ti, tus gustos, tu físico, lo que te pones o dejas de poner, adónde vas o qué comes. La sociedad arrincona a las personas que son diferentes por el hecho de serlo, sin darse cuenta de que la mayor riqueza reside precisamente en la diferencia.

Y ya no hay lugar para muchas cosas. Tantas que ni siquiera las recuerdo.

Pero ojalá algún día levantemos la cabeza de nuestro móvil...

... y las recordemos.

ARCANGU

En la dificultad reside la diversión

Afrontar los problemas

A la hora de afrontar los problemas, mucha gente se siente más cómoda, o quizá más tranquila, cuando alguien le apoya. Esto en sí no es malo. Por supuesto, yo no creo que la solución para afrontar un problema sea aislarse, o ir uno mismo contra el mundo, porque es cierto que cuando estás rodeado de personas que te quieren y te apoyan, tu vida va mejor.

Pero también es cierto que no siempre hay que esperar esa palmadita en la espalda, el «tú puedes», que haya alguien que te diga «no te rindas». Porque en la vida va a haber situaciones en las que no vas a tener a nadie que te haga ese refuerzo positivo. Si tú solo te bastas para decirte «no puedes», también deberías ser tú mismo el que te anime a seguir, quien te diga «sí puedes».

La vida está llena de problemas, de miedos, de altibajos, de depresiones, pero si lo piensas fríamente, por duro que pueda resultar, el único problema que no tiene solución es la muerte. Si eres consciente de que algún día te vas a morir, creo que los demás problemas dejan de tener tanta importancia.

Con esto ni mucho menos te estoy invitando a convertirte en un paranoico, ni a que vivas constantemente obsesionado con la idea de que te puedes morir en cualquier momento, ni tampoco creo que haya que vivir cada día como si fuera el último. Lo que quiero decir es que hay que relativizar los problemas individuales, porque quizá no son tan importantes.

Esto es precisamente lo que pretendo transmitir cuando alguien me para por la calle, o en una quedada, y me dice «tus vídeos me han cambiado la vida», o «sin tus vídeos no podría vivir ahora mismo». Mi respuesta siempre es la misma: yo soy una persona normal y corriente que le habla a una cámara, o que te escribe desde estas páginas, y al que tú puedes ver desde tu ordenador, o en la pantalla de tu móvil, o en las páginas de este libro.

Yo no te he cambiado la vida.

Te la has cambiado tú.

Cuando alguien me dice «me has ayudado», reconozco que es posible que de alguna manera lo que yo digo o pienso te haya podido influir, porque en la vida recibimos ayuda e influencia de todo nuestro entorno y de todas nuestras experiencias.

Este mensaje es para la gente que se encuentra superagobiada por algo que le parece crucial: la selectividad, esa nota que crees que te va a cambiar el futuro, ese cambio de trabajo... Yo también me lo creí en su día. Pero una nota no va a cambiar tu

futuro. Ni ir o no ir a la universidad tampoco. Ni tampoco ese ascenso, o ese cambio de trabajo. Nada va a ser tan crucial.

Ahora lo relativizo, precisamente porque yo también lo pasé mal, y aprendí de la experiencia. Por eso preferiría que abrieras los ojos ahora y te dieras cuenta de esto lo antes posible, porque muchos nos hemos dado cuenta con el tiempo, después de sufrir demasiado.

La selectividad, por poner un ejemplo, es un grano de arena en el desierto. La sociedad se ha empeñado en inculcarnos la idea de que tenemos que hacerlo todo «a su debido tiempo», pero ¿qué es lo peor que puede pasar si suspendes selectividad? ¿Que vayas a septiembre? ¿Que tengas que esperar a la próxima convocatoria? ¿Y si la apruebas y no consigues nota para la carrera que tú quieres? Puedes elegir empezar otra carrera o presentarte al año siguiente, o incluso tomarte un año sabático, o decidir irte a vivir al extranjero para mejorar un idioma o simplemente por la experiencia, pero

en ningún caso será un año perdido. Probablemente aprenderás más de lo que has aprendido en todo el Bachillerato.
Lo importante es no meterse en ese agujero en el que todo se ve negro, esa espiral de angustia, de «y si hago esto...», «y si hubiese hecho esto otro...». En esa espiral de indecisión, en general. La indecisión es el peor lugar en el que te puedes instalar. No te quedes ahí, hazlo. Hazlo, o no lo hagas, pero no te reconcomas de duda y, sobre todo, no te quedes con ese miedo a fracasar.
Porque vas a fracasar. En esta vida vas a fracasar.
Y cuantas más veces fracases, mejor vas a ser.
Así que alégrate de haber fracasado. No todo van a ser victorias ni logros, pero eso no justifica meterse en la burbuja de miedo, de no hacer nada, de quedarse paralizado, de decir «estoy agobiado, siento muchísima presión por el trabajo, por la selectividad, no tengo ganas de nada, la vida es una mierda» y cruzarse de brazos, inmóvil, mientras el tiempo pasa. Y lo único que no se recupera es el tiempo, así que no malgastes tu tiempo por tu actitud.
No conviertas las preocupaciones en problemas, porque no son más que eso, meras preocupaciones, que en cuanto las relativices terminarán volando.
Habrá gente probablemente con más experiencia que yo que al leer esto piense que menuda hostia me voy a pegar en la vida. Y seguramente me las pegaré, pero cuando sea viejecito me reiré.

Me reiré de mi vida, de todo lo que he hecho, de todo lo que he dejado de hacer, de todo lo que me he caído y de todo lo que me he dejado de caer.

Me reiré.

Lo juro, me reiré.

Y eso deberías hacer tú.

Arriesgarte. Tomar decisiones. Ser valiente.

Pero, sobre todo, ser tú mismo.

Desde pequeños nos educan para ser los mejores, para luchar por nuestros sueños, para tener éxito, ya sea no suspendiendo ninguna asignatura, entrando en el equipo de fútbol del colegio, obteniendo plaza en la carrera que deseas, aprobando la difícil oposición, formando una familia...

En definitiva, nos educan para ser felices.

Pero de lo que nadie habla, para lo que nadie te educa, es para fracasar.

Fracaso, esa palabra tabú, lo más parecido a Lord Voldemort que tenemos en nuestras vidas.

Fracaso, la innombrable.

El problema de todo esto es que vamos por nuestras vidas con ruedines en las bicicletas para no caernos.

Y así nos va.

Pero ¿qué problema hay con fracasar?

¿Qué tiene de malo?

A veces da la impresión de que estuviera mejor visto quedarse en casa y no intentarlo. Oye, así al menos no te quedas con esa sensación de haber fracasado, ¿no?

Cada vez que se habla de motivación, el mensaje central siempre es el mismo: si luchas, perseveras y crees en ti mismo, serás capaz de conseguir todo lo que te propongas.

Pero ¿sabes qué?

Eso no es del todo cierto.

No siempre seremos capaces de conseguir todo lo que nos propongamos.

Soy un fracasado

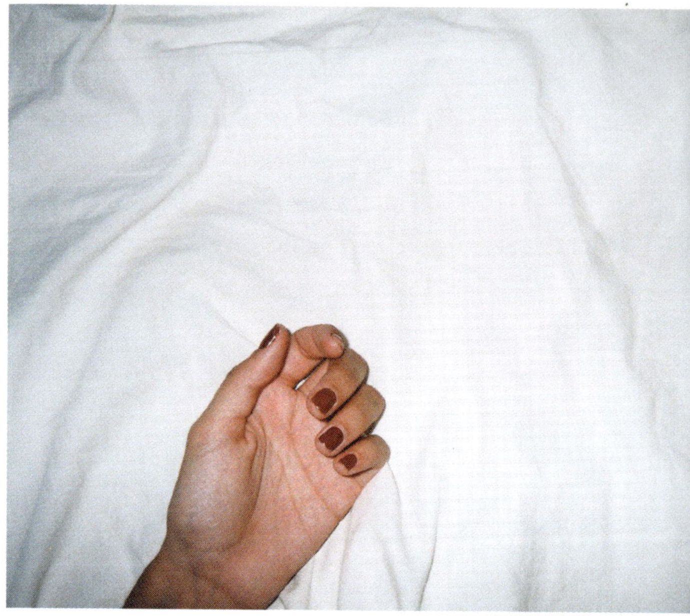

Abramos los ojos.

Somos humanos.

Tenemos límites, no somos invencibles.

Por mucho que te esfuerces y pongas tu empeño al cien por cien en algo, no siempre lo vas a conseguir.

La vida no son matemáticas. No hay una fórmula exacta que te diga que esfuerzo más dedicación multiplicado por confianza en ti mismo es igual a éxito.

En esta vida es más fácil dar un mensaje positivo, una palmadita en la espalda, incluso un «puedes lograrlo», un «lucha por ello», que un mensaje realista.

Es más fácil.

Pero ¿qué pasa?

Que la consecuencia es que, si te caes, el golpe es mayor.

Y cuando el golpe es mayor, en vez de analizarlo, nos centramos en el dolor que ocasiona.

El mejor jugador de baloncesto de todos los tiempos reconoció que falló más de nueve mil tiros a lo largo de su carrera. Que perdió más de trescientos partidos. Y que veintiséis de las veces que sus compañeros confiaron en él para el tiro ganador, él no encestó. Pero todas esas cosas, todos esos fracasos, hicieron que al final tuviese éxito.

Porque el fracaso es eso, aprendizaje.

Porque el ser humano es el único ser vivo que tropieza dos veces en la misma piedra.

Pero es que dos veces no son suficientes. Tendríamos que tropezar más: cinco, siete, nueve, las que hagan falta, porque cuantas más veces tropecemos, más cosas aprenderemos.

Porque cada vez que te levantes, serás una versión mejorada de ti mismo.

Pero mira a lo que hemos llegado, en qué punto estamos: a que la palabra «fracasado» se considere un insulto. ¿Sabías que en algunos países el valor de una persona, el valor de su currículum, se mide por las veces que ha fracasado?

Tal vez te preguntes por qué el fracaso se valora tanto.

Pero la explicación es muy sencilla.

Porque no hay carrera ni máster en este mundo que te enseñen a conocerte a ti mismo.

Porque basta ya de que en esta vida falten emprendedores, gente con iniciativa.

Porque ideas hay muchas —el tarro está lleno a rebosar de ellas—, pero, sin agallas, lo único que hace ese tarro es coger polvo.

Y si después de esto todavía sigues pensando que fracasar es malo, te diré que, aunque te sorprenda, hay algo peor todavía que fracasar.

Quedarte quieto, inmóvil.

No cambiar.

No hacer nada.

Eso sí que es un verdadero fracaso.

Escúchate

Para todo lo que estés haciendo.
Cierra los ojos y escúchate.
Es algo que me cuesta mucho hacer, y que agradezco tanto cuando lo hago...
Vivimos en un mundo frenético hecho de prisas, agobios, plazos de entrega, metas, idas y venidas de un lado a otro. Perdemos el culo intentando contentar a nuestros amigos, a nuestra familia, a nuestra pareja, a nuestros jefes, a nuestros superiores. Estamos siempre dispuestos a escuchar y complacer a quien sea..., menos a nosotros mismos.
Nos olvidamos de nosotros. Estamos siempre tan ocupados haciendo cosas o con cosas por hacer que nos olvidamos de pararnos, de detenernos un momento a pensar que muchas veces vivimos sin saber realmente lo que es vivir.
Así que hazte un favor.
Y escúchate.

Lee entre líneas y entenderás la vida

Almas apagadas

¿Alguna vez te han dicho eso de «qué apagado te veo»?
Seguro que sí.
Era algo que mi madre me decía de pequeño cuando me veía un poco bajo de ánimos, pero yo no terminaba de entender bien de dónde salía aquella expresión. ¿Apagado? Si yo nunca había emitido ninguna luz..., ¿cómo podía habérseme apagado?
Entonces no lo entendía, pero al levantar la cabeza y verme muchas veces rodeado de personas sin ganas, sin motivación, sin

[redacted]

aspiraciones, comprendo por fin cuánta razón tenían sus palabras.

El mundo está lleno de gente sin luz que pasa por la vida como quien pasa las hojas de una revista en la consulta de un dentista con aburrimiento máximo.

Es gente que ve a las personas triunfadoras y piensan: «Joder, qué buenos son, qué éxito tienen, me encantaría ser como ellos», pero les faltan las ganas, la fuerza de esas personas a las que admiran.

Les falta la luz de las personas encendidas.

Al levantar la cabeza y mirar a mi alrededor también me he dado cuenta de algo: estar encendido o apagado no es un estado definitivo, las personas encendidas a veces se apagan, y viceversa.

El secreto es tan sencillo como extraño puede parecer el concepto: para encenderte solo tienes que darle a un interruptor que no está en tu mente, sino en tu corazón.

Ese que arroja luz, fuerza, ganas, energía.

Ese que hace que dejes de ser un alma apagada y te transformes en otra encendida.

Ese que solo encuentras después de tropezarte varias veces y dar muchos manotazos en la oscuridad...

... si realmente quieres encontrarlo.

Mr. Potato

Déjame ponerte un momento en contexto.
Tenemos que teletransportarnos a 1995, el año en que se estrenó *Toy Story*, la película de animación producida por Disney y Pixar. Si te suena la película, ahora te voy a pedir que pases de los personajes principales y te centres en un secundario muy especial: Mr. Potato.
Sí, ese juguete con forma de patata compuesto por piezas intercambiables.
No, te prometo que no se me ha ido la cabeza.
Solo necesito que le eches un poco de imaginación y juegues conmigo a teletransportarte al pasado, porque quiero que reflexiones sobre una cosa.
¿Nunca se te ha ocurrido pensar que en la vida todos somos un poco como Mr. Potato?
A mí me gusta pensar que las personas son una versión más compleja del clásico juguete: todos somos una suma de nuestras propias experiencias, nuestros errores, nuestros logros, las influencias de nuestros ídolos, o de los libros que leemos, de nuestra educación y de nuestros padres, de nuestros amigos y familiares, de nuestros trabajos, de internet... Cada uno de estos elementos es una pequeña pieza que se va sumando al Mr. Potato, pero muchas veces se nos olvida que Mr. Potato no sería lo que es sin su característico cuerpo.

O sea, Mr. Potato no sería lo que es si no fuera una patata.

Lo importante es la patata.
Lo importante eres tú.
Te puedes quitar todas esas piezas, todos los aprendizajes, todas las influencias que has tenido y, en esencia, quedarías tú.
Habrá gente que te haya podido influenciar. Habrá gente que te haya podido enseñar cosas, pero has sido tú quien ha decidido coger precisamente eso de esa persona, e incorporarlo a tu personalidad. Has sido tú quien ha decidido abrir los ojos y decir «tengo que cambiar esto».
Así que tú eres el dueño de decidir lo que te da miedo, lo que te presiona, lo que te angustia.
Es imprescindible para nuestro aprendizaje rodearnos del entorno adecuado, pero nunca debemos olvidarnos de nosotros mismos, porque si lo hacemos dejamos de ser Mr. o Mrs. Potato para ser solamente un conjunto de influencias.
Recuerda, eres un Mr. o Mrs. Potato, y tú decides cómo ver la vida y cómo afrontarla.

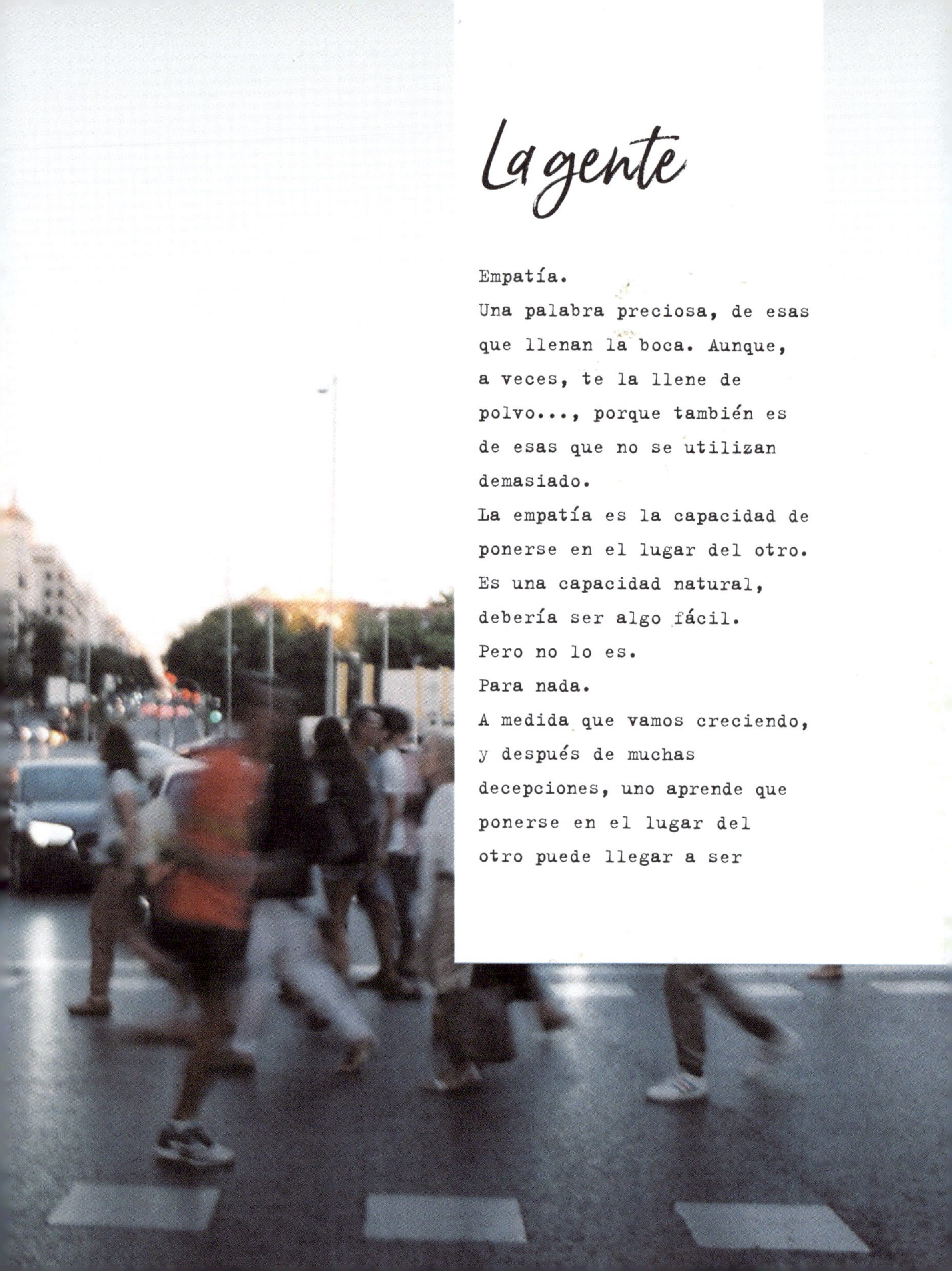

La gente

Empatía.

Una palabra preciosa, de esas que llenan la boca. Aunque, a veces, te la llene de polvo..., porque también es de esas que no se utilizan demasiado.

La empatía es la capacidad de ponerse en el lugar del otro.

Es una capacidad natural, debería ser algo fácil.

Pero no lo es.

Para nada.

A medida que vamos creciendo, y después de muchas decepciones, uno aprende que ponerse en el lugar del otro puede llegar a ser

muchas cosas, pero desde
luego no es algo fácil.
Porque la gente es como es.
Una frase tan ambigua como
cierta.
La gente es como es, y no
como tú quieres que sea.
Y no hay más vuelta de hoja.
Todas las personas somos
diferentes, y eso es algo tan
precioso como peligroso,
porque no podemos gestionar
cómo son los demás, ni cómo
sienten, ni cómo van a actuar
a nuestro alrededor.
Y cuanto antes lo aprendamos,
antes disfrutaremos de
nuestro entorno y...
... de nuestra gente.

Y qué bonitas son esas personas

que llenan tu pizarra de colores

La vida es lo que pasa desde que tus pies tocan el suelo por primera vez hasta que lo hacen por última.
Como el segundo momento es inevitable, y no es algo que quede en nuestra mano decidir cuándo será, centrémonos en el primero.
La primera vez que tus pies tocaron el suelo.
Seguro que no lo hiciste solo, que necesitaste ayuda. El apoyo de tu padre, de tu madre, de tu hermano, de tus abuelos, de alguien que te quiere y a quien le importas.
Ellos te dieron la oportunidad de experimentar lo que es ser alguien importante, alguien que puede tocar este mundo y hacer algo para mejorarlo.
Ese momento, esa primera sensación, es algo que no debemos olvidar nunca. Este mundo, la sociedad en que vivimos, tiene la capacidad de hacernos ascender, o descender, con la misma facilidad que lo hace una cometa en un día de viento. El límite de altura mental de una persona solo lo condiciona ella misma, nada más, pero, como bien nos ha enseñado la física, la perspectiva no es la misma desde una altura de veinte metros que desde poco más de cien centímetros.
Por eso no debemos perder nunca de vista a nuestros queridos pies.
Porque, pase lo que pase, ellos siempre van a estar tocando el suelo.
Y ayudándonos a ver nuestra vida desde la misma perspectiva que aquel día en el que empezamos a ser sus protagonistas.

Tus pies

Atré

vete

Confía en ti mismo

La falta de confianza en uno mismo es algo que he vivido en mis carnes de adolescente, y que por suerte he superado. Eso no quiere decir que a día de hoy no me sigan pasando cosas que me hacen replantearme mi confianza.

Sin confianza en uno mismo no vamos a ningún sitio.

La confianza es el primer paso del éxito.

Si no confías en ti mismo, nadie lo hará por ti.

Lo habrás escuchado mil veces, seguramente.

Son tópicos, sí, pero...

También son verdad.

Napoleón decía: «Si necesitas una mano que te ayude, búscala al final de tu brazo». Es decir, que tú eres el primero que te tienes que ayudar a ti mismo, porque, si no, nadie más lo va a hacer.

La sociedad actual, nuestra educación y los cánones que marcan la televisión y la publicidad nos recuerdan día a día que no somos perfectos, que nuestro físico no vale nada, que nuestro carácter es un desastre...

En definitiva, que no somos lo suficientemente perfectos como para hacer lo que estamos haciendo.

Pero yo digo que siempre habrá alguien mejor que tú en lo que estás haciendo, y esto no es falta de confianza en mí mismo, sino realismo. Es muy complicado hacer algo en esta vida y ser el mejor, pero siempre puedes dar lo máximo de ti para sacar el mayor partido a lo que estás haciendo.

Cuando te propones algo, una parte de las limitaciones que tengas para conseguirlo estará en ti, aunque si tienes ciertas habilidades innatas que te permitan conseguirlo, si confías en ellas y le pones esfuerzo, empeño y trabajo, lo conseguirás. Pero tienes que poner ese cincuenta por ciento de tu parte, porque, de lo contrario, la muralla es imposible de traspasar.
Siempre habrá gente que te recuerde que no eres lo suficientemente bueno haciendo algo, que no te mereces lo que estás haciendo. En mi película favorita, *En busca de la felicidad,* hay una frase muy significativa que el padre le dice al hijo cuando están jugando al baloncesto: «No dejes que nada ni nadie, ni siquiera yo, te digan nunca que no puedes hacer algo».
La única persona que te puede decir que no puedes hacer algo eres tú mismo.

El primer paso para el éxito es conocerse a uno mismo y, cuando te conoces a ti mismo, ya sabes cuáles son tus límites y las metas que puedes o no alcanzar.
Ahí es donde reside la confianza: en creer que puedes hacer algo.
Porque... ¿quiénes somos?

En definitiva, somos lo que creemos que somos.
Ni más, ni menos.
Si tú crees que puedes hacer algo, lo conseguirás. Sin embargo, si empiezas haciendo algo creyendo que no lo vas a conseguir, jamás lo lograrás.
El segundo paso es hacer oídos sordos a toda la gente que te rodea y que va a intentar destruirte de alguna manera: destruir tu sueño o tu meta, ya sea metiéndose con tu físico, con tu personalidad, con tus habilidades o con cualquier mínimo resquicio o grieta que encuentre en tu confianza. No dudes que lo harán, porque vivimos en una sociedad y en un mundo en el que la envidia está a la orden del día, a cada paso que das. No puedes hacer desaparecer a esas personas, porque siempre han estado hay, lo están ahora y lo estarán en un futuro. Pero lo que sí que puedes hacer es no dejarte influenciar por ellas.
Con este mensaje no pretendo que ahora vayas y te creas el rey o la reina del mambo, el mejor o la mejor, ni nada por el estilo. No es eso lo que estoy intentando transmitirte.

Simplemente quiero recordarte que solo tenemos una vida, y que no podemos desperdiciarla en hacer lo que la gente quiere o espera de nosotros que hagamos.
Si quieres tocar el piano, ponte a estudiar Piano.
Si quieres estudiar Periodismo, por mucho que te intente disuadir diciéndote que es una carrera supercomplicada, que no tiene salidas o que ya hay muchos periodistas, ¿qué más da eso si es lo que te hace feliz y crees que lo puedes conseguir?
Adelante con tus sueños.
Al final, te terminarás dando cuenta de que si tú mismo crees en ti, lograrás mucho más de lo que en realidad piensas que puedes hacer. No te arrepientas de haber cometido la estupidez de haber perdido oportunidades por

desconfiar de ti, por dejarte llevar por lo que la sociedad te dice que hagas o por los comentarios de las personas tóxicas y envidiosas que, al no tener éxito o tus mismas habilidades, intentan hacerte creer que no vales nada.
No pierdas tiempo de tu vida, porque el tiempo es lo único que no vuelve.
Lucha por lo que quieres, siendo siempre realista, pero sin perder la emoción.
Y confía en ti mismo, siempre, le pese a quien le pese.

No soy perfecto

Los defectos son algo que todos tenemos pero que no todos aceptamos.

Sería un poco hipócrita pretender hacer una reflexión acerca de los defectos, generalizar, decir que es todo muy bonito, que tienes que quererte, aceptarte a ti mismo y que todo irá bien, y nada más.

Pero en realidad lo que quiero hacer es «desnudarme», revelarte mis defectos, y la conclusión a la que he llegado después de muchos años de convivir con ellos.

Quiero empezar con uno de los rasgos que más me caracteriza y que, curiosamente, yo considero un defecto. Sí, creo que ya sabéis de lo que estoy hablando: mi querida y odiada nariz tan comentada en los inicios de mi canal: ¿te la has operado?, ¿cuánto te ha costado?, ¿el golpe que te diste de pequeño fue tan fuerte como para que tenga esa forma tan extraña que tiene ahora?

Otro rasgo muy llamativo de mi rostro —el más llamativo, probablemente— son mis arrugas de expresión. Esas puñeteras que solo salen en los mejores momentos de mi vida. O sea, cuando sonrío.

Continuando en línea ascendente por mi cara llegamos a las entradas. Esa parte que mantuve escondida durante toda la adolescencia bajo un flequillo y que ahora, a los veintitantos, cuando he decidido empezar a peinarme el pelo hacia arriba, han salido a la luz. Muchos amigos me dicen que en realidad no son entradas, sino que me estoy quedando calvo.
Y por supuesto no puedo olvidarme de mi querida piel, extremadamente sensible desde que era pequeñito. Eso quiere decir que cada vez que me pellizco, me araño o me afeito, ella se sonroja. De ahí que cada vez que me afeite parezca que me he hecho el bigote con cera.
Por desgracia, por supuesto, no solo tengo defectos físicos, sino que también los tengo como persona.
Estos defectos no son tan sencillos de detectar con un sencillo vistazo al espejo, sino que normalmente quienes te terminan abriendo los ojos a ellos son las personas que te rodean.
Mi primer defecto no es que yo tenga un problema con el tiempo, sino que el tiempo tiene un problema conmigo y por eso muchas veces peco de impuntual.
Tengo una capacidad de orden bastante alta, pero por desgracia mi capacidad de desorden es mayor todavía.
Otra de las cosas que me han llevado a momentos de bastantes risas y confusiones es que se me da fatal recordar nombres, sobre todo de primeras. Pero eso es porque presto más atención a los detalles —dar dos besos, darle la mano a la persona que me están presentando— que en agudizar el sentido del oído y quedarme con su nombre.

Y, por último, quiero mencionar algo que en sí mismo no es un defecto, pero que las consecuencias que acarrea me hacen replantearme a veces que sí lo sea, y es que me encanta mojarme. No me gusta salir a la calle con paraguas o chubasqueros y, a la larga, mi salud se resiente.
¿Por qué te cuento todo esto?
Pues porque soy una persona que no se va a acordar de tu nombre, con la nariz fea, la piel sensible y entradas, que siempre llega tarde a los sitios porque nunca encuentra las llaves en su cuarto desordenado y al que cada vez que veas, debajo de la lluvia, lo que más va a destacar de él son las arrugas en las comisuras de los ojos.
Y tras analizar todo esto, yo me pregunto: ¿y qué?
Si miras el lado bueno de las cosas, yo cada verano me ahorro los quince euros que a ti te cuesta la caricatura que te haces en la playa simplemente haciéndome una fotografía normal y corriente, porque no hay dibujante que sepa exagerar aún más esta nariz.
Todo el mundo está superpreocupado por las arrugas, hacerse mayor y sentirse viejo, sin embargo a mí me da igual, porque sé que aunque me salgan todas las arrugas que me tengan que salir por hacerme mayor, no me van a sentar peor que estas.
¿Y qué me decís de ser impuntual? No sabéis lo que os perdéis, lo trepidante que es el día a día, el saber que no llegas a la hora y tener que buscar la ruta más rápida, jugarte el cuerpo y el alma cruzando la carretera corriendo

o cogiendo el metro. Algunos me llaman impuntual, pero yo prefiero pensar que vivo la vida al límite.

Como al límite viven los que entran en mi habitación cada vez que los invito a mi casa, porque eso sí que es una aventura. Os aseguro que hay videojuegos con menos obstáculos de los que te encuentras tras las puertas de mi cuarto.

Y sí, estaré mocoso y resfriado catorce veces al año, pero no sabéis lo que compensa estar debajo del agua y lo feliz que soy en esos momentos.

Porque los defectos son eso: encontrar justo ese resquicio para ver el lado bueno.

Porque defectos tenemos todos, pero cometemos el grave error de asociar «defecto» con algo «malo».

Y no, me niego a eso.

¿Sabéis lo aburrida que sería la vida si todos fuésemos perfectos?

¿Si todos fuésemos iguales?

Por suerte, tenemos esos defectos, y somos tan estúpidos que en vez de sentirnos orgullosos y mostrarlos como son, intentamos ocultárselos al resto y, sobre todo, a nosotros mismos.

Abre los ojos y siéntete orgulloso de los defectos que tienes, porque son lo que te hace diferente al resto.

Esa bonita sensación de mirarte

al espejo y reconocerte

El amor de mi vida

Supongo que al leer este título te ha picado la curiosidad por saber quién es el amor de mi vida.

Y te lo voy a decir.

El amor de mi vida soy yo.

Me resulta curioso que, aunque mucha gente diga esto, casi nadie lo practique.

Amarse a uno mismo es complicado, muy complicado. Pero todo lo que tiene de complicado lo tiene de gratificante.

Siendo honestos, todos en algún momento de nuestra vida hemos querido ser diferentes: más altos, más bajos, con más o menos curvas, rubios, morenos, tener los labios más gruesos, la nariz de esta o aquella manera, y un largo montón de etcéteras.

Pero ¿alguna vez te has preguntado para qué?

¿Te harían mejor esos cambios? ¿Te ayudarían a conseguir ese ascenso en el trabajo?

¿O ese aprobado en la universidad? ¿Te ayudarían a ser mejor padre o madre, amigo o amiga, hermano o hermana, novio o novia?

¿Te ayudarían a ser, en definitiva, mejor persona?

Pues no.
Ahora seguramente alguien saldrá con el típico argumento de que hay que confiar en uno mismo, lo que te llevará a ser mejor, a tener mejor actitud y a comerte el mundo.
Pero ¿en este preciso momento no está en tu mano confiar en ti mismo? ¿No está en tu mano mirarte al espejo y decirte: soy esta persona, tengo estas características, estas virtudes y estos defectos y me voy a comer el mundo?
Porque eres una persona, una persona como todas las demás, y como tal cuentas con un potencial enorme, pero si no confías en ti, ni te quieres, ese potencial jamás saldrá a la luz.
Es triste, pero vivimos en un mundo donde la gente prefiere aparentar, disfrazarse y hacerse pasar por alguien que no es antes que afrontar la realidad y empezar a quererse.
Y sin embargo, y por suerte, hay otras que no es que sean más exitosas, o más ricas o mejores personas, pero sí son más felices porque se conocen a sí mismas, se quieren y se valoran. Y gracias a todo ello tienen una vida mucho más satisfactoria.
Diciéndote esto yo no pretendo que cambies.
Pretendo que abras los ojos.
Porque la capacidad de cambio está en el cerebro humano.
Supongo que te habrán entrado ganas de saber quién es el amor de tu vida, así que no te hago esperar más...

+

Todos sabemos que la vida no es fácil.
Cada uno tenemos nuestros problemas y circunstancias particulares y, por desgracia, hay quien tiene peor suerte que otros sin haber hecho nada para merecérsela.
Pero en realidad yo no quería hablar de enfermedades, desgracias, ausencias..., problemas graves que escapan a nuestro control y que, aunque nos la dificulten, forman parte del devenir de la vida. De lo que yo quería hablar es de esa capacidad que tienen algunas personas de, pase lo que pase en sus vidas, sumar siempre a las de los demás.
Esa fórmula sí que es mágica, y no la de la Coca-Cola. No hay que ser un cerebro en matemáticas para saber que debe contener tantos aspectos positivos que, aunque quienes la utilicen tengan que enfrentarse a un problema detrás de otro, su resultado siempre será sumar.
No hay que ser un cerebro en matemáticas, pero yo, que se me dan muy bien (permitidme que presuma un poco en mi primer libro, que un primer libro no se escribe todos los días), después de darle muchas vueltas, he llegado a la conclusión de que es la fórmula más simple y sencilla que existe.
Ahora es cuando te saltas varios párrafos y lees a toda velocidad para llegar hasta la fórmula mágica.
Solo tienes que atreverte a tener actitud positiva.
A levantarte cada mañana y decirte a ti mismo que vas

a hacer lo máximo posible para que ese día aparezca como un positivo enorme en tu fórmula y ayudar con ello a los demás. A sentirte con ganas, sí, con GANAS. Ganas de aportar, de ver la vida como lo que es, un REGALO, un regalo que hay que exprimir hasta la última gota.

El hecho de que hoy estés aquí, en este mismo momento, es un milagro. Lo mires como lo mires, con razonamiento o sin él, con la ciencia en una mano o con la religión en la otra, no se puede explicar más que como un maldito milagro.

Así que déjate de matemáticas y de razonamientos.

Y, simplemente, suma.

¿Qué hacer cuando no sabes qué hacer?

En algún momento de tu vida se te va a presentar una encrucijada en la que vas a estar obligado a tomar una decisión.
Decisiones que muchas veces no somos capaces de tomar en el momento que se nos presentan por nuestras circunstancias, por las presiones, por las prisas.
Pero, por mucho que las posterguemos, al final, estos dilemas son inevitables.
Y eso son los momentos en los que piensas:
¿qué hago cuando no sé qué hacer?
¿Hago caso a mi cabeza?
¿Hago caso a lo que me dice el corazón?
¿Hago caso a lo que dice la gente que me rodea?
¿Hago caso a mi familia, a mis amigos?
¿Hago caso a lo que me ha enseñado la experiencia?
¿Hago caso a lo que me dicen mis influencias, a lo que veo por la tele, por Internet, por los libros que leo?
¿A qué hago caso?
Te ha pasado, ¿verdad?
Seguro que en el camino de tu vida ya te has encontrado con varias encrucijadas: cuando tienes que elegir una carrera universitaria y se te presenta el gran dilema de si decantarte por lo vocacional o por lo que tiene salidas,

o cuando terminas tus estudios y tienes que elegir si empezar a trabajar o cursar estudios superiores. O cuando estás en una relación y no sabes si tienes que seguir con esa persona y dar el ciento veinte por cien de ti, o si es mejor dejarla porque la relación no va a ninguna parte, por mucho que la quieras. O cuando estás en un trabajo que no te llena y no sabes si continuar por comodidad o arriesgarte a perderlo y buscar la felicidad en otra cosa que ahora mismo no tienes, pero que puedes luchar por conseguir.

Todos estos son momentos en los que te replanteas tu vida porque no sabes qué hacer con ella, porque no sabes si arriesgar o si mantener lo que ya tienes por comodidad y seguridad.

Aquí es cuando te preguntas a ti mismo, y te responde tu cabeza, te responde tu corazón, te responde tu entorno, te responden tus influencias... En definitiva, te responden muchas muchas cosas y, normalmente, pocas coinciden.

Entonces es cuando te preguntas: ¿y ahora qué hago?
Yo soy partidario de escuchar todas las respuestas.
Escucha a tu cabeza, porque es muy sabia y recoge información de tu experiencia y de la experiencia de los demás. La cabeza muchas veces te dice lo que no quieres escuchar, lo que es más razonable. Yo le he hecho caso a mi cabeza muchas veces, y a pesar de saber que he hecho lo correcto, también soy consciente de que las racionales no son precisamente las elecciones que más feliz me han hecho.
Escucha a tu entorno, a tu familia, a tus amigos porque son personas que te quieren y buscan lo mejor para ti. Ellos vierten su experiencia y su visión en la opinión que te dan, que no necesariamente tiene por qué coincidir con la tuya y, al final, al escucharlos pasa un poco como cuando escuchas a tu cabeza: su ayuda te lleva a tomar decisiones sabias, meditadas, inteligentes, pero que quizá no sean las más acertadas en cuanto a tu felicidad.
Tú mismo decidirás si debes hacer caso a tus influencias, guiándote por tu instinto.
Ay, tu instinto.
Aquí llegamos al último al que debes escuchar.
Sí, tu corazón.
Tu corazón, que a veces es un poco cabrón porque te incita a arriesgar, a descubrir lo que hay detrás del miedo, a que des el ciento veinte por cien de ti mismo y... eso asusta.
Lo que te dice el corazón nunca es lo más fácil, ni lo más cómodo, y precisamente por eso muchas veces no le hacemos caso y nos decantamos por lo que dice la cabeza.

Y seguramente lo que nos dice la cabeza está bien, pero, guiándonos por sus consejos, muchas veces no conseguimos conocer esa felicidad plena que sientes cuando haces caso al corazón.

Dicho así, acertar parece fácil: cuando no sabes qué hacer, hay que hacerle caso al corazón.

Pero en absoluto lo es.

Muy pocas personas se guían por su corazón, y es por eso que vemos en nuestro entorno tanta gente rutinaria, acomodada en esa rutina, en esa comodidad. Y no es que eso esté mal, porque seguramente se guían por lo que les ha dictado su cabeza, y estarán haciendo lo que crean necesario para mantener a su familia, o sus hábitos, o su modo de vida. Hacer siempre lo que te dicta el corazón podría ser muy bonito, pero en la vida también hay que ser realista y tener los pies en el suelo, y para eso muchas veces hay que hacer caso a la cabeza.

Pero algunas veces, si queremos conocer la verdadera felicidad, no nos queda más remedio que cerrar los ojos y hacer caso al corazón.

Por eso, para cuando te encuentres en una situación en la que no sepas qué hacer, te dejo las palabras de alguien que una vez me ayudó mucho para decidir qué camino tomar:

«Sí que lo sabes, lo que pasa es que no te atreves».

En la vida, muchas jaulas se abren leyendo

Carta a tu yo futuro

Es sano hacer cosas sin pensar

Sí

Cuánto me cuesta decirme que sí. «Sí». Son solo dos letras, deberían ser muy fáciles de pronunciar. Pero a veces son tan complicadas... Aunque el viento sople a mi favor, los planetas se hayan alineado, vea señales por todos lados y todo el mundo esté convencido de ello, ni aún así lo consigo.

A veces parece que negarse cosas a uno mismo es tremendamente complicado, pero el verdadero desafío se nos presenta cuando tenemos que decirnos que sí. Cuando tenemos que atrevernos, saltar al vacío y convencernos de que hay red, paracaídas o cien colchonetas hinchables esperándonos. Lo complicado no es el hecho, sino la consecuencia: ser consciente de que el posible fracaso es tu responsabilidad.

Que no haya excusas ni nadie a quien culpar pesa muchísimo. Y a veces no se está preparado para soportar esa carga.

Sobre todo después de un «sí» que terminó siendo «no», en esos momentos es cuando más cuesta volver a confiar en esas dos sencillas letras.

Pero un «no» que terminó siendo «sí» tiene mucho más valor que un «no» que comenzó como «no», y nunca pasó de ahí, porque ni siquiera le diste la oportunidad de evolucionar.

El primero desprende aprendizaje, el otro solo destila miedo.

Así que atrévete a aprender.

Atrévete a vencer el miedo.

Atrévete a decirte que sí.

Ese lugar imaginario

¿Cuántas veces te habrán mandado salir de la zona de confort, ese lugar imaginario? Miles de veces, seguro. Últimamente parece la frase de moda, pero ¿acaso nos ha explicado alguien cómo salir de ese inmenso lugar?
Apuesto lo que quieras a que no, a que nadie te ha explicado cómo abandonar ese bienestar, esa comodidad material, porque eso es lo que significa confort.
Y yo me pregunto... ¿por qué deberíamos salir de una zona que nos aporta bienestar?
¿No debería ser más bien al revés? ¿No deberíamos intentar encontrar eso que nos aporta bienestar, salud, felicidad..., y crear nuestra propia zona de confort? ¿No sería eso mucho más inteligente que animarnos a salir de una idea que nos han formado mentalmente, pero que no sabemos muy bien qué es?
Conocerse a uno mismo hasta tal punto que el entorno que nos rodee nos haga realmente felices es tan complicado que no entiendo a qué viene esa obsesión por tener que abandonarlo.
Yo creo que lo que debemos hacer es intentar salir de algo imaginario...
... y empezar a trabajar por crear algo real.

A contracorriente

Nadie te obliga a vivir
tu vida de ninguna manera.
Esto que estoy diciendo
parece una obviedad, pero
no lo es, porque es
complicado no ver la vida
como una obligación: la
obligación de cumplir las
expectativas que otros
tienen sobre nosotros,
sobre cómo deberíamos vivir
nuestras vidas.
Desde pequeños nos vemos
arrastrados por la
corriente de la sociedad.
Haz esto, haz lo otro, no
seas así, no hagas esto,
cuida lo que dices. Y lo
peor de todo es que, cuando
crecemos, sin darnos
cuenta, sumamos nuestra
fuerza a la corriente,
uniéndonos a ella y
obligando a otros a vivir
según nuestros dictados,
que no tienen
necesariamente por qué ser
los suyos.
Pero la vida no es una
obligación que tengas que
cumplir con nadie, es un
regalo.
Es tuya y solo tuya.
Limitada e imprevisible.
Así que vívela como te
apetezca, cuando te
apetezca.
Salta, grita, baila, habla,
actúa, calla.
Sé como tú quieras, sin que
te importe lo que los demás
y sus corrientes absurdas
quieran imponerte.
Tal vez pienses que no
tienes la fuerza para
cambiar la sociedad, ni su
corriente, pero yo te digo
que sí.
Puedes tener el control de
tu vida.
Y vivirla a
contracorriente.

Perdón

Hazlo.
Créeme, equivócate, cágala hasta el fondo y pide perdón.
La pasajera sensación de arrepentimiento será una dulce compañera en comparación con la sensación permanente que te carcomería, preguntándote qué hubiese pasado.
Quedarse con las ganas, ese enemigo.
La palabra «perdón» va impresa en el carnet de valiente.
Porque no somos perfectos, y la vamos a fastidiar muchas veces.
Demasiadas.
Fracasaremos, nos caeremos, nos haremos daño, sufriremos, decepcionaremos a otras personas, nos decepcionaremos a nosotros mismos, pero...
¿Qué más da?
¿Después de todo esto, qué puede venir de bueno?
Todo.

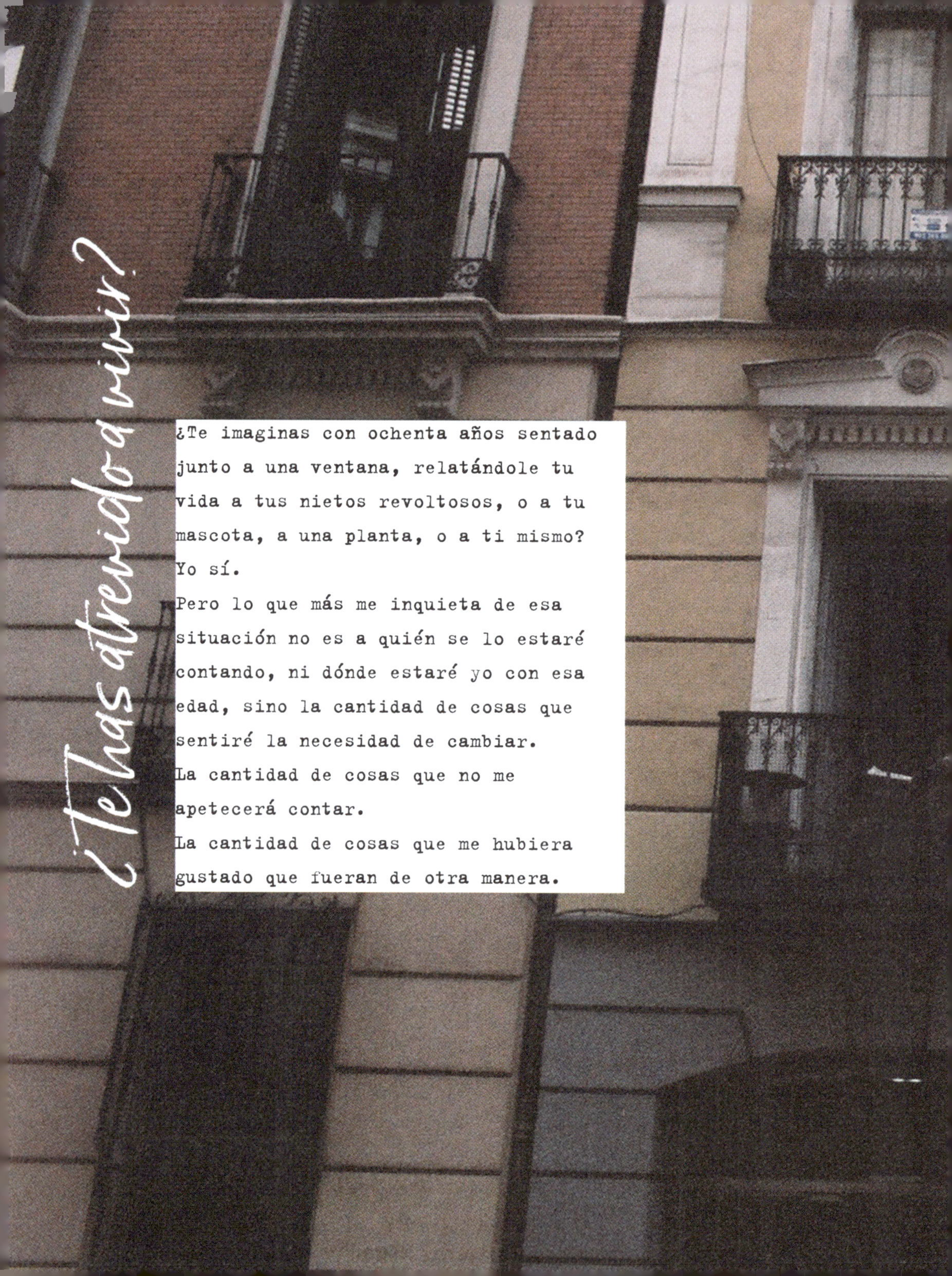

¿Te has atrevido a vivir?

¿Te imaginas con ochenta años sentado junto a una ventana, relatándole tu vida a tus nietos revoltosos, o a tu mascota, a una planta, o a ti mismo?
Yo sí.
Pero lo que más me inquieta de esa situación no es a quién se lo estaré contando, ni dónde estaré yo con esa edad, sino la cantidad de cosas que sentiré la necesidad de cambiar.
La cantidad de cosas que no me apetecerá contar.
La cantidad de cosas que me hubiera gustado que fueran de otra manera.

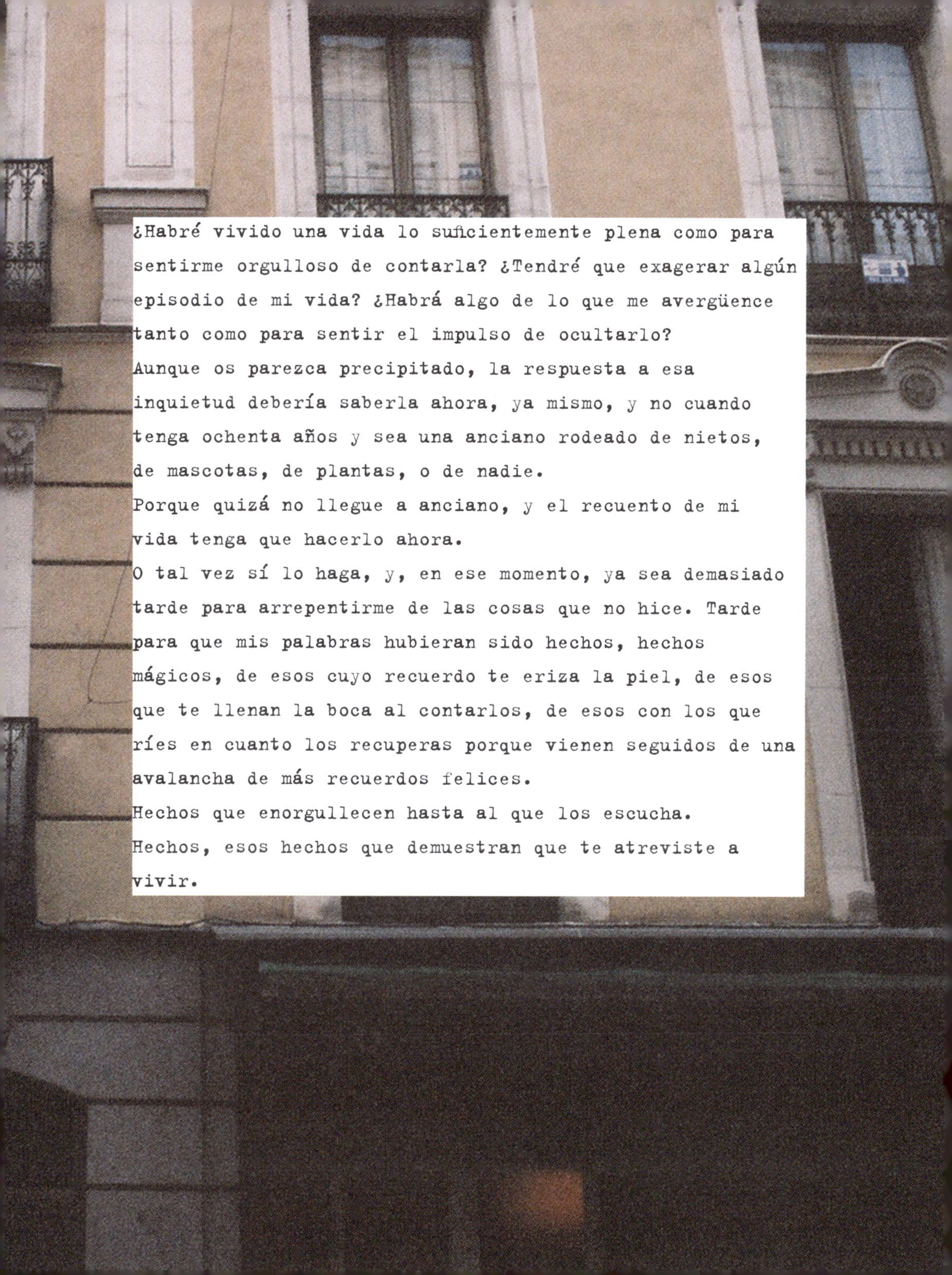

¿Habré vivido una vida lo suficientemente plena como para sentirme orgulloso de contarla? ¿Tendré que exagerar algún episodio de mi vida? ¿Habrá algo de lo que me avergüence tanto como para sentir el impulso de ocultarlo?

Aunque os parezca precipitado, la respuesta a esa inquietud debería saberla ahora, ya mismo, y no cuando tenga ochenta años y sea una anciano rodeado de nietos, de mascotas, de plantas, o de nadie.

Porque quizá no llegue a anciano, y el recuento de mi vida tenga que hacerlo ahora.

O tal vez sí lo haga, y, en ese momento, ya sea demasiado tarde para arrepentirme de las cosas que no hice. Tarde para que mis palabras hubieran sido hechos, hechos mágicos, de esos cuyo recuerdo te eriza la piel, de esos que te llenan la boca al contarlos, de esos con los que ríes en cuanto los recuperas porque vienen seguidos de una avalancha de más recuerdos felices.

Hechos que enorgullecen hasta al que los escucha.

Hechos, esos hechos que demuestran que te atreviste a vivir.

Yo de mayor quiero ser valiente

El mejor consejo

Siente.
Es el mejor consejo que me han dado nunca.
Es el mejor consejo que yo te puedo dar.
El que más repiten mis labios hoy, y el que más repetirán mañana a la gente que quiero, a aquella con la que comparto mi vida día a día y a esa con la que solo me cruzaré en momentos fugaces y de pasada, como en las páginas de este libro.
Siente.
Aunque te hayan hecho daño, aunque hayas salido escaldado.
Aunque lo malo gane a lo bueno, siente al máximo.
No todo lo que sientas será siempre positivo, pero ahí es donde reside el secreto: en encontrar belleza en los sentimientos negativos.
Aunque de las experiencias más intensas puedan surgir los dolores más fuertes.
Aunque duela, siente.
Siente.

Siente la vida.

Siente a quienes te rodean, lo que te rodea.

Cada persona, cada objeto, cada experiencia, cada recuerdo.

Pero, sobre todo, siéntete a ti mismo.

Y siente tu vida.

Y sí.

Tú.

Agradecimientos

Este libro tan especial no podría haber sido escrito por una sola persona. Así que os voy a chivar quiénes han sido los culpables de ello.

En primer lugar, el equipo editorial que confió en mí y me hizo ver que la remota idea de plasmar mi caos en hojas de papel iba a ser magia. Este magnífico equipo al que quiero dar las gracias lo conforman:
Laia y Olga, por la paciencia, la confianza depositada y el entusiasmo de trabajar en algo que os apasiona, porque se contagia.
Laura, por hacer que mi caos, valga la redundancia, sea un caos ordenado y sin errores.
Manuel, por tus toques mágicos y por haber sabido ver mi «yo interior», y plasmarlo tal y como es.
Sara, mi sombra, mi Pepito Grillo, mi conciencia, la persona que consiguió darme el primer y, más importante, el último empujón para que este libro esté en vuestras manos.

A mi familia, por haberme educado y enseñado a ver la vida con estos colores: sin ellos este libro carecería de sentido y serían simplemente hojas en blanco.
A mi hermana María, la culpable de que, gracias a mi amor por ella, haya querido ayudar a los demás con mi humilde punto de vista de la vida.

A Juan, Irene y Luis, por ser y estar. Porque la palabra «amigos» se queda corta, por leer y releer en todo este proceso (más os vale comprar el libro). Por ayudarme a ver las cosas cuando yo era incapaz de hacerlo, en todos estos años y los que nos quedan.

A Carlo y Marta, porque sin ellos y su trabajo todo esto y lo que está por llegar no sería posible.

A mi otra familia, no la de ADN, sino la de corazón. Todas las personas que me apoyan día a día en todo lo que hago; mis proyectos, mis canales de YouTube y mis redes sociales. Los que están cuando todos ya se han ido.

A Clara. Todo artista tiene su musa. Ella ha despejado hasta el más profundo bloqueo. Ha hecho que escriba y escriba y escriba. Ella ha sido una de las culpables de que el caos me hablase y pudiese trascribirlo en este libro.

Y, por último, pero no por ello menos importante, a las ganas. A las vuestras y a las mías.

Alex Puértolas

Nació en Zaragoza el año que se inauguraban los noventa. Gracias a su familia, su cariño y su apoyo incondicionales, fue un niño muy feliz. Apuntaba también maneras de valiente, porque no se escondía de los cacos en el recreo. Era impaciente, cabezota y desordenado (tanto dentro como fuera de su cabeza)... y lo sigue siendo. Se le dan muy bien los números, aunque no llegó a la final de unas olimpiadas de Matemáticas por confiarse y no repasar a tiempo, error del que ha aprendido. A base de chocolate, que le encanta, creció ciento ochenta y seis centímetros, se hizo mayor (aunque siga conservando su «yo infantil») y estudió Marketing. Hizo millones de horas de prácticas y vivió en pisos diminutos en varias partes del mundo, pero las que recuerda con más cariño son Madrid y Londres. Gracias a sus viajes aprendió que el hogar no está donde has nacido, ni donde tienes tu casa o los armarios en los que guardas tus cosas, sino donde te espera tu gente para darte un abrazo de bienvenida. Ahora ha vuelto a Madrid y se dedica a la creación de contenidos en diferentes plataformas. *Tú (sí, tú) vive* es su primer libro, un resumen de sus reflexiones y su caos interno, aunque solo es el principio: a Alex aún le queda mucha vida para sentir, equivocarse, aprender y atreverse. Y si este libro sirve para que alguien, aunque sea una sola persona, se motive, él ya se siente feliz.